KB113972

권오숙 교수의 해설과 함께 읽는

Romeo and Juliet

로미오와 줄리엣

서연비람은 조선 시대 왕궁 내, 강론의 자리였던 서연(書筵)에서 강관(講官)이 왕세자에게 가르치던 경전의 요지를 수집하여 기록한 책(비람備覽)을 말합니다. 서연비람 출판사는 민주주의 국가의 주인인 시민들 역시 지속 가능한 과거와 현재, 미래의 이치를 깨우치고 체현해야 한다는 믿음으로 엄선한 도서를 발간합니다.

서연비람 셰익스피어 선집 5

권오숙 교수의 해설과 함께 읽는
로미오와 줄리엣

초판 1쇄 2022년 1월 31일
지은이 윌리엄 셰익스피어
옮긴이 권오숙
펴낸이 윤진성
펴낸곳 서연비람
등록 2016년 6월 29일 제 2016-000147호
주소 서울시 강남구 도곡로 422, 5층
전자주소 birambooks@daum.net

ⓒ 서연비람 2022, Printed in Korea.

ISBN 979-11-89171-38-4 04840
ISBN 979-11-89171-13-1 (세트)

값 12,000원

서연비람 셰익스피어 선집 5

권오숙 교수의 해설과 함께 읽는

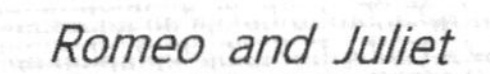

로미오와 줄리엣

윌리엄 셰익스피어 | 권오숙 옮김

해설이 있는 셰익스피어 번역본을 출간하면서……

셰익스피어 연구자로서 오랫동안 학술적 활동과 대중적 활동, 양 방향에서 참 열심히 뛰어왔다. 상아탑에서 영문학을 전공하는 학생들에게 셰익스피어 작품을 가르치는 일, 학술 논문을 쓰고 학회에서 발표하는 일, 셰익스피어를 알고, 읽고 싶어 하는 일반인들을 위한 대중 강연, 셰익스피어 작품의 우리말 번역 등등.

그런 활동을 하면서 해갈되지 않는 문제 하나가 가슴에 내내 남아 있었다. 그건 어떤 번역본을 읽어야 하나? 라는 질문에 대한 답변이었다. 질문을 받을 때마다 선뜻 답하기 쉽지 않았다. 물론 그동안 훌륭한 셰익스피어 학자들이 정성을 다해 번역을 해왔으나 번역과 작품 해설이라는 천편일률적인 구성에, 운문이라는 셰익스피어 텍스트가 지닌 특성으로 인한 가독성 문제, 이해가 되지 않는 비유와 말장난 등 번역서마다 나름의 좋은 점과 부족한 점을 지니고 있었기 때문이다. 본 역자도 다른 출판사에서 셰익스피어 번역 작업에 참여했지만 대체로 세계 문학 전집에, 아니면 셰익스피어 전집에 한두 권 삽입된 것이라서 전집의 전체 틀에서 벗어날 수 없었다.

서연비람과 셰익스피어 시리즈 번역 작업을 시작하면서 그 숙제를 해갈하고 싶었다. 책을 다 읽고 나서도 뭔가 명확히 이해되지 않고, 안개에 덮인 것처럼 잡힐 듯 말 듯 갈증을 느끼며 책을 덮었던 독자들에게 새로운 번역본을 건네주고 싶었다. 그래서 그동안 국내의 거의 모든 번역본이 지니고 있는 형식을 파격적으로 깼다. 우선 작품을 읽기 전에 알고 있으면 좋은 정보들을 작품 앞쪽에 배치했다. 그리고 번역은 가능한 한 가독성에 방점을 두었다. 물론 그러다 보면 셰익스피어의 현란한 비유적 표현과 말장난들을 놓칠 수밖에 없다. 내 능력이 허락하는 범위에서 살릴 수 있는 요소들은 최대한 살리려고 노력하는 가운데, 가독성에 문제가 생길 경우는 과감히 포기했다. 그리고 작품 뒤쪽에는 두루뭉술한 해설이 아니라 작품의 가장 중요한 논점들을 하나하나 짚어 설명하였다. 한마디로 단순한 번역서가 아니라 해설과 함께 읽는 번역서인 것이다. 그러다 보니 번역 과정에도 시간이 많이 들었지만 해설 작업에도 시간과 공을 많이 들였다.

모쪼록 이 번역본의 새로운 시도로 국내 독자들이 셰익스피어를 좀 더 쉽게 이해하고, 즐길 수 있게 되길 바랄 뿐이다. 본 번역본은 브라이언 기본스(Brian Gibbons)가 편집한 아든판 셰익스피어의 1980년판을 저본으로 삼았다.

역자 권오숙

일러두기

1 이 책의 앞쪽에 있는 셰익스피어 생애나 시대, 당대 무대 환경 등의 내용은 필자의 주관적인 생각이 아니라 사실을 전달하는 것이므로, 이미 필자가 내놓은 많은 저술들의 내용과 거의 비슷하다. 그래도 셰익스피어 작품을 이해하는 데 꼭 필요한 요소이기에 불가피하게 제공한다. 그리고 이 시리즈의 다른 번역본에도 똑같이 실려 있음을 밝힌다.

2 작품에 등장하는 여러 그리스 로마 신들의 이름은 외래어 표기법에 따르지 않고 독자들에게 친숙한 표기를 사용했다.

3 셰익스피어 극은 대체로 운문으로 되어 있어서 행을 밝혀 주는 게 원칙이다. 대사 옆에 5단위로 표기한 숫자가 행수이다.

4 대사가 중간에서 시작하는 부분(이에 대해서는 36~37쪽에서 자세히 설명하고 있다.)은 앞줄의 대사와 함께 한 행으로 취급된다.

차례

셰익스피어 작품을 읽기 전에

셰익스피어 작품을 더 잘 이해하기 위해 먼저 읽어 보세요!

어떤 작가의 작품을 읽을 때 그 작가의 생애나 그 작가가 살았던 시대의 문화, 사상 등에 대해 알면 조금 더 이해하기 쉽습니다. 특히 셰익스피어처럼 400년 전에 살았던 작가인 경우, 그 시대적 특징을 모르면 쉽게 이해되지 않는 점이 많아요. 게다가 셰익스피어는 극작가이기 때문에 당시의 연극이나 극장 환경에 대해서도 알아야 작품을 더 잘 이해할 수 있습니다. 그래서 셰익스피어 작품을 읽을 때 알아 두면 좋은 정보들을 간단하게 정리해 봤습니다. 작품을 읽기 전, 필독해 주세요!

1. 셰익스피어의 생애

♚ 셰익스피어는 당대 최고 인기 극단의 레퍼토리 작가였던 것에 비해 개인의 생애에 대한 기록들이 많이 남아 있지 않다. 그의 세례 기록이나 자녀들의 세례 기록, 사망 신고서, 동료 극작가의 비방글 등이 남아 있을 뿐이다. 학자들은 그동안 이런 단편적인 기록들을 짜 맞추어 그의 생애를 구축해 왔다. 그렇게 학계에서 공인된 사실들로 그의 생애를 간략하게 설명하고자 한다.

존 해밀턴 모티머, 〈시인〉, 1775, 뉴 헤이븐, 예일 브리티시 아트센터 소장

셰익스피어는 영국 르네상스 시대라 불리는 엘리자베스 1세 집권기인 1564년 4월 23일, 중부 지방인 워릭셔(Warwickshire)의 작은 마을 스트랫퍼드어펀에이번(Stratford-upon-Avon)에서 태어났다. 그는 부유한 상인이던 존 셰익스피어(John Shakespeare)의 8남매 중 셋째이자 장남으로 태어나 어린 시절을 유복하게 보냈다. 장갑 장사, 양모 장사 등을 한 것으로 알려진 아버지 존은 한때 사업이 번창하여 셰익스피어는 고급 사립 초등학교인 문법학교(Stratford Grammar School)를 다녔다. 그러나 셰익스피어가 13세가 되던 해 가세가 기울어 더 이상의 교

스트랫퍼드어펀에이번에 있는 셰익스피어의 생가

육은 받지 못했다. 그런데 당시 스트랫퍼드의 문법학교는 라틴어 문학 같은 고전 문헌에 대한 교육을 제공했던 것 같다. 거기서 셰익스피어는 오비디우스(Ovid), 베르길리우스(Virgil), 호라티우스(Horatio), 테렌티우스(Terence), 세네카(Seneca) 등 그의 작품에 지대한 영향을 미친 고전 작가들을 접했을 것으로 추정된다. 셰익스피어는 작품 속에서 수많은 고전 작품들을 인용하거나 인유하며, 130여 차례가 넘는 라틴어 원문을 사용하고 있다.

셰익스피어는 1582년, 열여덟 살의 어린 나이에 여덟 살이나 연상인 앤 해서웨이(Anne Hathaway)와 결혼했다. 그와 앤은 수잔나(Susanna), 쌍둥이 햄닛(Hamnet)과 주디스(Judith) 3남매를 두었다. 그런데 아들 햄닛은 1596년에 열한 살의 어린 나이로 병사했다. 아들의 죽음이 『햄릿』을 비롯한 일련의 비극에 영향을 미쳤다고 주장하는 비평가들도 있다. 그런데 셰익스피어 부부의 나이가 많이 차이 나고 결혼한 지 6개월도 안 되어 첫째 딸 수잔나를 출산했기 때문에 두 사람의 결혼에 온갖 추측이 난무한다. 셰익스피어 극에 자주 등장하는 주제 가운데 하나인 '사랑의 맹목적성'이 어쩌면 그들의 결혼에 영향을 받은 건지도 모른다.

셰익스피어는 1580년대 후반부터 런던의 극장에 견습 배우로 고용되어 활동했을 것으로 추정된다. 이때부터 1592년까지 셰익스피어에 대한 기록이 전혀 남아 있지 않아서 이 시기를 '잃어버린 시기(the lost years)'라고 한다. 셰익스피어의 런던 생활과 관련된 최초의 언급은 1592년에 대학 출신 극작가인 로버트 그린(Robert Greene)이 그를 비방한 것으로 보이는 글귀이다.

> 우리의 깃털로 꾸민 벼락출세한 까마귀가 배우의 탈을 쓴 호랑이의 심장으로 그대들의 최상의 것만큼 훌륭하게 무운시로 뽐낼 수 있다고 생각하고 있으니. 그리고 그는 자신을 만능의 천재라 생각하여 자신만이 이 나라의 무대를 흔들 수 있다는 망상에 빠져 있소.[1]

이때 '배우의 탈을 쓴 호랑이의 심장'이라는 표현은 셰익스피어의

1 이경식, 『셰익스피어 4대 비극』 서울대 출판부. 1996, 26쪽에서 재인용

『헨리 6세 *Henry VI*』 3부에 나오는 '여자의 가죽을 쓴 호랑이의 심장(1막 4장 137행)'이라는 대사를 패러디한 것이고, '나라의 무대를 흔든다(Shake-scene in a country)'라는 표현은 '셰익스피어'의 이름을 이용한 말장난이다. 이를 통해 볼 때 그린이 말하는 벼락출세한 까마귀는 셰익스피어임을 알 수 있다. 이 글로 보아 이때 이미 셰익스피어는 대학 출신 작가들의 시샘을 살 만큼 인기 있는 극작가가 되었음을 짐작할 수 있다.

셰익스피어는 '궁내부장관 극단(Lord Chamberlain's Men)'의 전속 극작가 겸 극단 공동 경영자이자 배우로 활동하면서 약 20년 동안 38편의 극을 썼다. 이 극단은 제임스 I세가 등극한 뒤에는 '왕의 극단(King's Men)'으로 바뀐다. 그리고 1592년부터 3년 동안 페스트(흑사병) 때문에 극장이 폐쇄되자 셰익스피어는 두 편의 설화시 『비너스와 아도니스 *Venus and Adonis*』, 『루크리스의 겁탈 *The Rape of Lucrece*』을 써서 자신의 후원자이던 사우샘프턴 백작(Earl of Southampton)에게 헌정했다. 그 밖에 셰익스피어가 쓴 것으로 알려진 154편의 소네트가 실려 있는 『소네트집』이 1608년에 출간되었다.

1597년에 셰익스피어는 고향에 뉴플레이스라는 대저택을 구입하고, 말년에 고향으로 돌아가 평온한 여생을 보내다가 1616년 4월 23일에 53세의 나이로 생을 마감했다. 교묘하게도 탄생일과 사망일이 4월 23일로 같은데, 탄생일은 세례일을 기준으로 추정한 날짜이고, 사망일은 사망 신고서를 기준으로 추정한 날짜이다.

셰익스피어가 죽은 지 7년 뒤인 1623년에 그의 극단 동료였던 존 헤밍(John Heminges)과 헨리 콘델(Henry Condell)이 그의 희곡 전집을 발간했다. 이 전집을 제1이절판(First Folio)이라고 한다. 가죽 장정으로 된 큰 판형인 이 판본은 이미 나온 사절판과 무대본을 종합하여 만든 질이 좋은 판본이다. 여기에는 36편의 극작품과 『비너스와 아도니스』, 『루크리스의 겁탈』, 『소네트집』까지 수록되어 있다.

셰익스피어 진위 논란

♚ 그런데 이렇게 많은 위대한 극작품과 시를 쓴 사람이 대학 교육도 받지 못한 셰익스피어가 아닐지도 모른다는 의문이 오랫동안 제기되어 왔다. 그의 개인사가 베일에 싸여 있고, 대학 교육도 받지 못한 사람이 천재적 상상력만으로 법학, 지리학, 역사, 고전 등의 전문 지식을 담고 있는 작품들을 썼을 수는 없다는 주장에 많은 사람들이 공감해 왔다.

그 외에도 스트랫퍼드의 셰익스피어 관련 기록에서 그가 문인이었다는 기록이 전무하다는 점, 살아생전 왕궁에서도 공연할 정도로 대단한 극작가였던 그의 사망을 추모하는 글이 한 줄도 발견되지 않았다는 점, 셰익스피어의 유서에 소장한 책들의 처분이나 자필 원고에 대한 언급이 전무하다는 점 등이 의혹의 근거가 되었다. 그래서 2007년 7월에 셰익스피어 관련 업종에 종사하고 있는 영국의 유명 배우와 연출가 287명이 같은 맥락의 '합리적 의심 선언'을 발표하기도 했다.

셰익스피어 작품들을 쓴 실제 인물로 거론된 사람들은 고전 경험론의 창시자인 프랜시스 베이컨(Francis Bacon), 젊은 나이에 의문의 죽음을 당한 동시대 극작가 크리스토퍼 말로(Christopher Marlowe), 사우샘프턴 백작과 함께 셰익스피어의 후원자로 알려진 에드워드 드 비어(Edward de Vere) 백작, 그리고 셰익스피어의 먼 친척이었던 헨리 네빌(Henry Neville) 등이다.

그 중 옥스퍼드 백작 에드워드 드 비어 설이 가장 많은 사람들의 지지를 받고 있는데, 이 사람들을 옥스퍼드 파[2]라고 부른다. 1920년, 토마스 루니(Thomas Looney)가 『셰익스피어는 에드워드 드 비어로 밝혀졌다 *Shakespeare Identified in Edward de Vere*』라는 저서를 출간했고, 심리학자 프로이트가 이런 옥스퍼드 파의 주장을 강력히 지지했다. 1984년에 찰튼 오그번(Charlton Ogburn)이 『신비에 싸인 윌리엄 셰익스피어 *The Mysterious William Shakespeare*』에서 다시 에드워드 드 비어가 진짜 셰익스피어라고 주장하면서 논란이 재점화되었다.

옥스퍼드 파들은 에드워드 드 비어가 케임브리지와 옥스퍼드에서 최상의 교육을 받았으며, 시와 극작 등 문인으로서 당대에 인정받았을 뿐만 아니라 현존하는 그의 시와 서간문들이 셰익스피어의 문체와 흡사하다고 주장한다. 문체만이 아니라 그의 인생 체험과 유사한 대목들

2 옥스퍼드 파 : 옥스퍼드 백작이었던 에드워드 드 비어가 진짜 셰익스피어라고 주장하는 사람들을 옥스퍼드 파, 스트랫퍼드어펀에이번의 셰익스피어가 진짜 셰익스피어가 맞다고 주장하는 사람들을 스트랫퍼드 파라고 한다.

이 셰익스피어의 작품들에서 보이는데, 특히 『햄릿 *Hamlet*』에 나오는 늙은 간신배 폴로니우스(Polonius)는 그의 장인이자 엘리자베스 여왕의 비서관이었던 윌리엄 세실(William Cecil) 경을 풍자한 것이라는 데 많은 학자들이 동의한다.

셰익스피어라는 가명을 사용한 것에 대하여도 그의 문장(紋章)에 '창을 휘두르는(shake-spear)' 사자가 그려져 있었으며, 그의 별명이 '창을 휘두르는 자(spear shaker)'였던 것으로 보아 충분히 타당성이 입증된다고 주장한다. 하지만 스트랫퍼드 파들은 적어도 셰익스피어의 작품 가운데 10편은 에드워드 드 비어가 사망한 1604년 이후에 쓰였다는 이유로 옥스퍼드 파의 주장을 반박한다.

2. 셰익스피어의 시대—영국 르네상스 시대

셰익스피어는 엘리자베스 1세(Elizabeth I)와 제임스 1세(James I)가 다스리던 시대에 극작 활동을 하였다. 영국의 르네상스 시대라고 불리는 이 시기에 영국은 중앙 집권적인 절대 왕정 국가였다. 특히 엘리자베스 1세가 통치하는 동안 영국은 정치적으로 매우 안정되고 국력이 강해졌다. 오랜 치세 동안 여왕은 영국 국교회의 확립을 꾀하고, 로마 가톨릭교와 신교를 억압하여 종교적 통일을 추진했다.

또 고문인 윌리엄 세실과 함께 화폐 제도를 통일하고, 빈민 구제법을 시행하고, 상업을 중시하는 중상주의 정책을 도모하고, 해외 무역을 적극 권장하는 등 많은 경제 정책을 실시했다. 나아가 동인도 회사를 설립하고, 미국 1호주인 버지니아 식민지를 설립하여 식민 정책의 기초도 확립했다. 대외적으로는 1588년에 스페인의 무적함대라 불리는 아르마다 호를 무찔러 해상 주도권도 장악했다.

문화면에서도 영국 르네상스라고 불리는 황금시대가 도래하여 에드먼드 스펜서(Edmund Spencer), 프랜시스 베이컨 같은 학자와 문인들이 많이 배출됐다. 14~16세기에 유럽에서 일어난 르네상스 운동은 고대 그리스 · 로마의 문화를 이상적으로 여겨 이들을 부흥시킴으로써 새 문화를 창출해 내려는 운동이다.

영국은 섬나라인 까닭에 이탈리아에서 이미 14세기에 시작된 르네상스 운동이 대륙에 비해 뒤늦게 전해져, 엘리자베스 1세 때 르네상스기를 맞이한다. 이때 호메로스, 오비디우스, 베르길리우스, 세네카, 플루타르코스 같은 고대 그리스와 로마 작가들의 많은 고전들이 영어로 번역되었다. 셰익스피어 같은 대작가가 탄생할 좋은 토양이 마련된 것이다.

셰익스피어 시대 작가들은 이들 고전 작가들을 칭송하고 그들 작품들을 훌륭한 글쓰기의 모범으로 삼았다. 셰익스피어도 이들 작가들에게서 지대한 영향을 받아 그들의 작품을 원전으로 삼아 극을 쓰기도 하였고, 그들의 극작 스타일로 극을 쓰기도 하였을 뿐만 아니라 작품 곳곳에서 많이 차용하기도 하였다.

엘리자베스 1세는 처녀 여왕으로서 후손 없이 사망하고, 그 뒤를 이어 스코틀랜드의 왕 제임스 6세가 영국의 제임스 1세로 즉위했다. 그렇게 해서 튜더(Tudor) 왕조가 끝나고 스튜어트(Stuart) 왕조가 시작되었다. 영국 왕에 등극 후 제임스 1세는 왕권신수설을 강력히 주창하며 절대 왕정을 추구했지만 스튜어트 왕조는 인기 없는 왕조였고, 제임스 1세는 의회와 많이 충돌했다. 이렇게 제임스 1세 치하 때는 사회의 모든 양상이 엘리자베스 1세 시절보다 불안정하고 암울했다.

셰익스피어 극도 엘리자베스 1세의 사망을 전후하여 극의 분위기가 크게 바뀐다. 나라가 안정되고 국력이 신장되던 여왕의 치세 동안에는 주로 영국 사극과 즐거운 희극들을 쓰지만, 여왕 말기인 1601년에 4대 비극의 하나인 『햄릿』을 쓰는 것을 기점으로 제임스 1세 시대에는 주로 비극을 쓴다. 셰익스피어의 문학적 감수성이 암울한 시대적 배경에 영향을 받아 4대 비극과 같은 위대한 걸작들을 탄생시킨 것이다. 희극도 이전의 즐겁고 유쾌한 낭만 희극(romantic comedy)과는 다른 어두운 극 혹은 문제극(dark comedy or problem comedy)이라고 불리는 작품들을 주로 쓴다.

엘리자베스 여왕 시대는 겉으로 보기에는 번창하고 안정된 시기였지만 그 이면에서는 강력한 변화의 기운이 꿈틀대는 격동의 시대였다. 이 시기에는 교육, 종교, 과학 분야에서 그동안 정설로 받아들여지던 많은 주장들에 대한 의심과 회의가 일었다. 디어도어 스펜서(Theodore Spencer)는 이런 사회적 현상에 대해 다음과 같이 묘사한다.

> 모든 엘리자베스 시대의 사고의 틀이요, 기본 양식이던 우주적, 자연적, 정치적 질서에 대한 믿음이 의심으로 금이 가고 있었다. 코페르니쿠스는 우주 질서에 의심을 품었고, 몽테뉴는 자연 질서에, 그리고 마키아벨리는 정치 질서에 의문을 제기했다. 그 결과는 엄청난 것이었다.[3]

이렇듯 이 시대는 절대 진리라 여겨지던 것들에 대한 과감한 도전

---

3 Theodore Spencer, *Shakespeare and the Nature of Man,* New York: Macmilan, 1961, 29쪽

이 있었던 시대였다.

셰익스피어의 시대는 우리가 살고 있는 근대(modern)가 시작된 시기로, 농업 중심의 봉건 사회에서 상업과 무역을 중시하는 근대 상업 자본주의 시대로 전이되는 시기였다. 아직 중세의 세계관이 영국 사회를 지배하고 있었지만 자본주의의 새로운 사상과 사회 질서가 싹트고 있었다. 중세의 엄격한 계급 질서가 더 이상 유지되지 않고 상하 신분의 이동이 발생했다.

다시 말해, 신분이 세습되고 고정된 계급 구조를 지닌 봉건 제도에 묶여 있던 사람들은 이제 스스로의 노력 여하에 따라 자신의 계급이나 사회적 신분을 개선할 수 있고, 부와 권력을 창출할 수 있게 된 것이다. 기존의 귀족들 중에 가산을 탕진하고 몰락한 자가 있는가 하면, 상업으로 부자가 되어 토지를 구입하여 신흥 귀족이 된 사람들도 있었다.

종교관에도 변화가 생겨 성직자들의 매개 없이 개인이 신과 직접 소통할 수 있다는 급진적인 신교 사상이 빠르게 번졌다. 특히 엘리자베스 여왕의 아버지 헨리 8세가 로마 교황청의 간섭과 지배로부터 벗어나 영국 성공회를 창설한 뒤에 영국은 영국 국교, 로마 가톨릭교, 신교(청교도)로 나뉘면서 종교적 갈등이 심했다.

영국 국교회는 아직 뿌리를 깊숙이 내리지 못한 데 비해 국민들 다수가 1000여 년 동안 지속되어 온 로마 가톨릭교도였다. 그런가 하면 셰익스피어가 사망할 때쯤에는 청교도 사상이 사람들의 일상생활에 깊숙이 자리 잡았다. 결국 20여 년 뒤에 청교도 혁명이 일어난다.

이렇게 다양하면서도 서로 모순되는 여러 가치관이 충돌하던 대변화의 시대에 사람들은 혼란스러움을 느꼈을 것이다. 온 우주에 신이 정한 질서가 존재한다고 믿던 중세적 가치관이 흔들리면서 사람들은 불확실함 속에서 불안감도 느꼈을 것이다. 『리어 왕 *King Lear*』에서 글로스터 백작의 다음 대사도 그런 시대상을 논한 것이다.

글로스터 ……사랑은 식고, 우정은 와해되고
형제는 갈라선다. 도시에서는 폭동이, 시골에서는
불화가, 궁정에서는 역모가 일어난다.
자식과 아비 사이의 인연도 끊어지는구나.

……

자식은 아비를 배반하고 국왕은 천성에
어긋나는 행동을 하고, 아비는 자식을 저버린다.
우리는 가장 좋은 세상을 보고 살았으나
음모, 허위, 사기 등 온갖 망조의 무질서가 무덤까지
심란하게 우리를 따라오는구나. (1막 2장 103~111행)

이렇듯 점점 무너져 가는 전통적인 가치관과 질서에 대한 논의들이 셰익스피어 대사 속에 많이 담겨 있다. 결과적으로 볼 때 당대의 많은 사회적 긴장과 갈등들은 셰익스피어의 위대한 극들이 탄생할 좋은 토양이 되어 주었다.

3. 셰익스피어 시대 극장의 환경

셰익스피어를 제대로 이해하려면 당시의 무대 구조와 공연 방식, 그리고 관객들의 기호 등에 대해 어느 정도 알아야 한다. 대중 극작가로서 셰익스피어는 관객들의 기호와 반응에 민감할 수밖에 없었을 것이며, 당시의 무대 조건과 극장을 둘러싼 환경이 극작에 영향을 주었을 것이기 때문이다.

극장의 역설적 지위

셰익스피어 시대에는 요즘과 같이 유흥거리가 많지 않아 연극이 아주 인기 있는 유흥 중 하나였다. 당시 런던 근교에 산 사람들 중 15~20%가량 되는 사람들이 정기적으로 연극 관람을 하러 다녔던 것으로 추정된다. 하지만 당시의 극장에는 걸인이나 불량배들이 꼬이고 치안이 취약하며, 불법적이거나 무질서한 행동들이 발생했다. 또한 위생적으로도 페스트와 같은 전염병을 확산시킬 위험이 컸고, 도제들을 유혹하여 생산에 차질을 빚기도 하였다. 그래서 런던 시 당국은 런던 시내에 극장 건립을 허락하지 않아서 대부분의 극장들이 템스 강 이남에 세워졌다.

텅 빈 무대, 관객의 상상력에 호소하다

셰익스피어 시대의 극장은 요즘 극장과는 달리 멋진 무대 장치도 없었고, 정교하고 사실적인 무대 배경도 없이 마당으로 튀어나온 텅 빈 돌출 무대에서 공연을 했다. 자연 채광 외에는 다른 조명도 따로 없어서 주로 오후 2시경인 밝은 대낮에 극이 공연되었다. 따라서 많은 장면을 배우의 대사를 통해 관객의 머릿속에 상상력을 불러일으켜야 했다.

예를 들어 화창한 대낮에 공연을 보면서 배우의 대사를 듣고 『로미오와 줄리엣』의 발코니 장면의 아름다운 밤을 상상해야 했고, 『리어 왕』의 폭풍우 장면을 상상해야 했다. 『헨리 5세 *Henry V*』에 나오는 다음 프롤로그가 셰익스피어 극들이 어떻게 관객들에게 상상력을 요구했는지 잘 보여 준다.

> 부족한 점은 여러분들의 생각으로 짜 맞추어 보충해 주십시오.
> 배우는 각기 천 명 몫을 하고 있다고 생각해 주십시오.
> 머릿속으로 대군을 상상해 주십시오.
> 저희들이 말에 대해 말하면 군마들이 당당하게
> 대지를 딛고 서 있는 광경을 보고 계시다고 생각해 주십시오.

그래서 셰익스피어의 극을 보면 등장인물의 등장과 퇴장에 대한 언급 외 무대 지시문이 거의 없다. 가끔은 셰익스피어의 대사가 현대 독자들에게 너무 장황하게 느껴지기도 한다. 그건 대사가 아주 장황하던 고전극의 영향을 받은 탓도 있지만 요즘은 여러 가지 연극적 효과들로 나타낼 수 있는 것들을 모두 배우들의 대사로 전달했기 때문이다.

배우는 모두 남자

당시에는 여자들이 무대에 서는 것이 허용되지 않았다. 그래서 모든 배우들이 남자였으며, 여자 역은 변성기가 지나지 않은 소년들이 여장을 하고 연기했다. 셰익스피어의 많은 작품 속에 아버지는 등장하지만 어머니가 등장하지 않는 것도 어린 소년들이 엄마의 역할을 하기는 어려웠기 때문일 것이다. 또한 희극 작품에서 여자 주인공들이 남자 차림을 하고 길을 떠나는 얘기가 많이 나오는데, 그런 설정을 통해 결국 여자 역을 맡은 남자 배우가 남자 연기를 한 셈이다. 영국에서는 1662년이 되어서야 여배우가 무대에 서는 것이 허용된다.

배우의 불안정한 신분과 후원제

당시의 배우들은 부랑아로 분류될 만큼 대단히 불안정한 신분이었다. 그 당시에 부랑아, 거지, 상이군인, 실업자, 매춘부 등은 런던의 브라이드웰(Bridewell) 감화원 같은 집단 수용소에 수용되었다. 그래서 배우들은 고위 공직자의 후원을 받아 그들 집에 속한 하인으로 신분의 보장을 받아야만 자유로이 공연하러 다닐 수 있었다.

엘리자베스 여왕 시대에는 셰익스피어가 속한 극단이 궁내부 대신이었던 헨리 케어리(Henry Carey)의 후원을 받아 '궁내부 대신 극단(Lord Chamberlain's Men)'이라고 불렸다. 그러다 제임스 1세가 왕위에 오른 뒤에는 그가 후원자가 되어 '왕의 극단(King's Men)'이 되었다. 이 극단은 1590년대 중반부터 1642년 청교도 혁명 이후 극장들이 폐쇄될 때까지 런던에서 가장 성공한 극단이었다.

극장 — 모든 사회 계층이 모이는 장소

당시의 극장은 지위가 아주 높은 사람들부터 신분이 낮고 가난하며 무식한 관중들까지 여러 계층의 사람들이 모이는 장소였다. 그래서 셰익스피어의 극에는 고상하고 수준 높은 내용도 있지만, 배움이 적은 사람들도 웃고 즐길 수 있는 내용들도 들어 있다. 이렇게 다양한 계층의 사람들의 입맛을 골고루 맞춘 것이 셰익스피어가 인기를 오래 유지할 수 있었던 이유일지도 모른다. 특히 무대 주변의 서서 보는 싸구려 관람석의 관객들은 대부분 극의 내용이나 어려운 대사는 이해하지 못하고 그저 단순한 우스갯소리나 농담만 즐기러 왔을 것으로 추정된다.

『햄릿』이나 『헨리 4세 *Henry IV*』처럼 대단히 인기가 있던 극들은 심오한 철학적, 정치적 문제에 대한 논의와 함께 무식하고 자극적인 것을 추구하는 관객을 위한 흥미진진한 행위와 볼거리가 섞여 있는 극들이다. 이렇게 극장은 지배 세력과 피지배 세력이 모두 모인 공간이었기 때문에 셰익스피어는 정치적으로 중립적일 수밖에 없었을 테고, 귀족들의 고급문화와 서민들의 민중 문화가 뒤섞인 작품을 쓸 수밖에 없었을 것이다.

검열 제도와 셰익스피어 극의 보수성

당시 모든 극장 공연작들은 공연 전에 연희 담당관의 검열을 받아야 했다. 본래 궁에서 공연하는 극들만 검열을 했었지만 갈수록 검열이 강화되어 여왕은 모든 연극에 대한 검열을 명령했다. 그러다 보니 당대의 극작가들은 적어도 표면적으로는 지배 이데올로기에 영합할 수밖에 없었고, 사회 풍자나 비난의 목소리는 비유적이고 우회적인 방식으로만 해야 했다.

20세기 후반에 등장한 신역사주의[4] 비평가들이 비판한 셰익스피어 극의 보수성은 연극을 둘러싼 여러 여건들, 즉 왕이나 귀족 계급의 후

4 신역사주의 : 문화 비평가인 그린블랫(Stephen Greenblat)이 처음 사용한 문화 비평 용어이다. 프랑스의 철학자 미셸 푸코(Michel Foucault)의 영향을 받은 신역사주의자들은 모든 지식인들이 자신들이 살고 있는 시대의 지배 담론에서 자유롭지 못하다고 생각한다. 신역사주의자들은 셰익스당대 지배 계급의 이익에 봉사하면서 체제를 옹호하는 담론들을 생산 또는 강화, 확산했다고 평가했다.

원과 국가 기관의 검열 등을 볼 때 피치 못한 결과였을 것이다. 이런 공연 환경은 셰익스피어가 정치적으로 일정 정도 보수성을 띠면서도 우회적으로 사회에 대한 풍자와 비판을 담아내는 역설적인 작품들을 쓰는데 영향을 주었을 것이다.

글로브 극장(The Globe)

'지구 극장'이라는 뜻의 글로브 극장은 1599년에 리처드 버비지(Richard Burbage)와 커스버트 버비지(Cuthbert Burbage) 형제가 세웠다. 런던의 시 외곽 지역인 사우스워크(Southwark)에 세워진 이 극장은 8각형 모양이었으며, 수많은 셰익스피어 작품을 공연하는 본거지였다. 그리고 런던의 대표적인 극장 네 곳 중 하나로, 최대 3천 명의 관객을 수용할 수 있는 규모가 큰 극장이었다.

글로브 극장은 관객석 위만 지붕이 있고 가운데 부분은 뻥 뚫린 야외 극장이었다. 지붕이 있는 비싼 관람석에는 지위가 높은 귀족들이 앉았고, 돈이 없는 가난한 사람들은 1페니 정도만 내고 무대 주변의 마당에서서 극을 보았다. 원래 연극을 위한 전용 극장이 생겨나기 전의 연극은 여인숙의 앞마당에서 주로 공연되었다. 그래서 글로브 극장은 여인숙 앞마당처럼 가운데 공터를 3층으로 된 객석이 둘러싸고 있다. 공터 한쪽에 돌출 무대가 있고, 서서 보는 싸구려 관람객(groundlings)이 무대 삼면을 둘러싸고 공연을 보았다. 그래서 셰익스피어 시대의 극장은 관

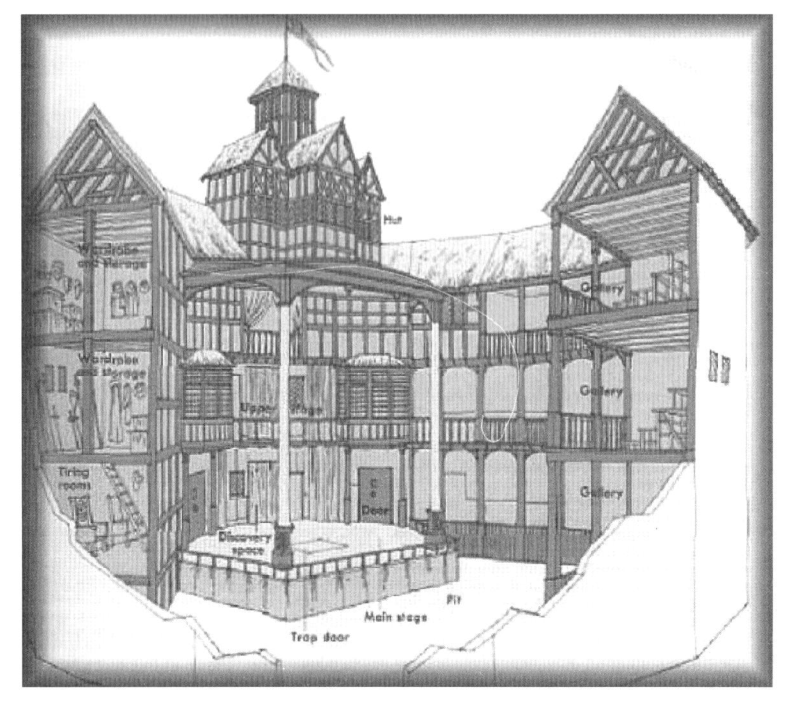

글로브 극장의 단면

객과 무대가 완전히 구분되어 있는 요즘의 극장과 달리, 관객과 배우의 관계가 훨씬 더 친밀했고 현실과 연극 사이의 경계도 모호했다.

블랙프라이어즈(Blackfriars)—시설이 좋은 실내 사설 극장

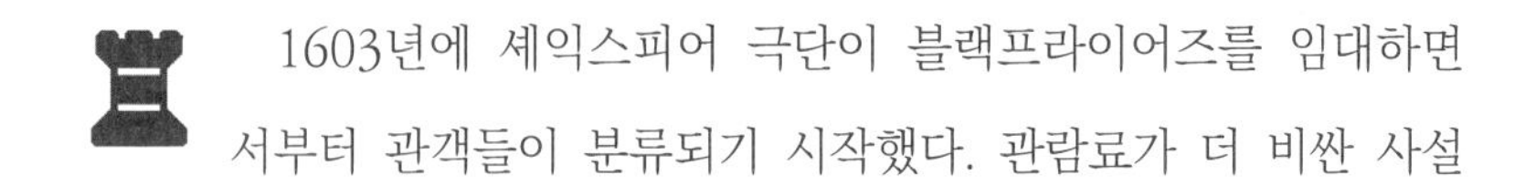

1603년에 셰익스피어 극단이 블랙프라이어즈를 임대하면서부터 관객들이 분류되기 시작했다. 관람료가 더 비싼 사설

극장인 블랙프라이어즈는 좀 더 수준 높은 고급 관객들이 찾았다. 공공 극장의 입장료가 1페니(1/240 파운드)에서 6실링(1/20파운드)이었는데 비해 사설 극장은 6펜스(1/40 파운드)에서 반 크라운(1/8파운드)이었다고 한다. 사설 극장은 수준 높고 고상한 관객의 기호를 충족시키기 위해 보다 정교한 배경이나 무대 장치를 사용하였기 때문에 새로운 극적 실험 등을 할 수 있었다.

예를 들어 셰익스피어의 후기극인 『폭풍우 *The Tempest*』에서 요정들이 하는 가면극이나 『심벨린 *Cymbeline*』에서 주피터가 독수리를 타고 나타나는 장면 등은 정교한 무대 장치를 요구하는 장면이었다. 셰익스피어는 이 극장의 고급 관객을 위해 로맨스 혹은 비희극이라고 불리는 귀족적인 새로운 레퍼토리들을 준비했다. 처음에 이 극장은 셰익스피어 극단의 겨울철 공연장이었으나 점점 야외극장은 인기가 떨어지고 낮은 계층의 기호만 만족시키다 사설 극장에게 인기를 빼앗겼다.

레퍼토리에 대한 끝없는 요구

상설 극장의 설립으로 인해 순회공연 시대와는 달리 레퍼토리에 대한 끝없는 요구가 있었기에, 이것이 영국 연극을 발전시키는 요인이 되었다. 당시의 연극은 대단히 인기가 있어서 극장들은 쉴 새 없이 새로운 공연을 무대에 올려야 했다. 한 작품의 평균 공연

횟수는 10회가 넘지 않았다고 한다. 어떤 극단이 성공적인 작품을 공연하면, 경쟁 극단에서는 극작가에게 비슷한 주제의 새로운 연극을 가능한 한 빨리 제공하도록 요청했다. 결국 극작가들은 신속하게 레퍼토리를 제공하기 위해 두세 명의 작가들이 합작하는 경우도 있었고, 다른 극장에서 성공한 작품을 비슷한 내용에 몇 가지 새로운 내용을 덧붙여 개작하는 일이 흔했다.

셰익스피어는 극단의 그런 요구를 만족시키기 위해 신화나 성경, 역사책뿐만 아니라 민담이나 전설 등에서 유명한 영웅 이야기나 군주들의 이야기를 빌려 와 극작을 하였다. 하지만 셰익스피어는 원전을 그대로 사용하는 경우가 거의 없었다. 빌려 온 것은 이야기의 뼈대뿐이었고 원전을 자유롭게 압축, 생략, 추가, 혼합, 재배치하여 새로운 작품으로 만들어 냈다. 역사극에서도 극적 효과를 위해 역사를 자유분방하게 다루었다. 또 친숙한 이야기들에 담겨 있는 관습과 고정 관념을 깨뜨리는 방식으로 새롭게 재창조하여 새로운 인식과 사고를 유도했다.

따라서 셰익스피어 극의 출처에 대한 연구에서 중요한 것은 셰익스피어가 그 출처를 얼마나 따르고 있느냐가 아니라 어떻게 변형시키고 있는가에 있다. 그가 고의적으로 출처에서 일탈할 때 왜 그랬을까를 탐구하는 것이 그의 예술에 대한 이해를 제공하기 때문이다.

4. 셰익스피어 극의 시기별 특징

셰익스피어의 작품들은 시기별로 다른 특징들을 보여 준다. 시기마다 중점적으로 집필하는 장르도 다르고, 같은 장르라 하더라도 시기마다 성격이 조금씩 달라진다. 따라서 셰익스피어 작품을 읽을 때는 그것이 어느 시기에 쓰인 작품인가를 살펴볼 필요가 있다. 셰익스피어의 작품 세계는 일반적으로 다음 네 시기로 분류하지만 학자마다 조금씩 의견이 다르기도 하다.

제1기(1590~1594) : 습작기

습작기라 불리는 이 시기의 극들은 후기 작품들에 비해 작품의 토대가 된 원전[5]을 기계적으로 따른다. 플롯은 치밀한 극적 구조 속에 통합된 것이 아니라 관련된 여러 사건들을 나열하고 있다. 언어도 등장인물의 심리 묘사나 사건의 진행에 직접적인 관련이 없는 경구(警句), 말장난, 미사여구, 장황한 수사들을 많이 사용한다.

『헨리 6세』가 셰익스피어의 첫 번째 극인데, 『리차드 3세 *Richard*

5 셰익스피어는 기존의 많은 역사서나, 신화, 다른 문학 작품에서 이야기를 빌려 와 재구성하였다. 셰익스피어가 빌려 온 원 작품을 '원전'이라고 한다.

III』도 이때 쓴 영국 역사극이다. 이 시기의 유일한 비극은 『타이터스 앤드로니쿠스 *Titus Andronicus*』인데, 로마 비극 작가 세네카(Seneca)의 영향을 많이 보여 주는 유혈 복수극이다. 이 시기에는 『실수 희극 *The Comedy of Errors*』, 『말괄량이 길들이기 *The Taming of the Shrew*』, 『베로나의 두 신사 *The Two Gentlemen in Verona*』, 이렇게 세 편의 희극을 썼다.

제2기(1595~1600) : 희극의 완성기

이 시기의 셰익스피어는 사극과 낭만 희극을 거의 완벽한 형태로 발전시킨다. 이때부터 셰익스피어의 창작력은 놀라울 정도로 발전하여 다양한 사건을 하나의 플롯 속에 짜 넣는 천재성을 발휘하기 시작한다. 즉 기존의 이야기들을 빌려 와 재구성하고 여기에 다채로움과 생동감을 부여한 것이다.

이 시기에 쓴 비극은 『로미오와 줄리엣 *Romeo and Juliet*』뿐인데, 후기 비극들에 비해 운명적 요소가 많고, 인물의 성격으로 인한 비극성은 아직 보이지 않는다. 또 이 시기에 쓴 영국 사극은 『리처드 2세 *Richard II*』, 『헨리 4세』 1 · 2부, 『헨리 5세』로 서로 이어지는 역사적 사실을 다룬 작품들이다.

셰익스피어는 이 시기에 젊은 남녀의 사랑을 그린 낭만 희극을 많이 썼다. 『한여름 밤의 꿈 *A Midsummer Night's Dream*』, 『헛소동

Much Ado about Nothing』, 『좋으실 대로 *As You Like It*』, 『십이야 *Twelfth Night*』, 『베니스의 상인 *The Merchant of Venice*』 등이 그 예이다.

위 낭만 희극과는 성격이 조금 다른 풍속 희극 『사랑의 헛수고 *Love's Labour's Lost*』와 가벼운 소극(素劇) 『윈저의 즐거운 아낙네들 *The Merry Wives of Windsor*』도 이 시기에 썼다. 로마 사극 『줄리어스 시저 *Julius Caesar*』는 희극기에서 비극기로 넘어가는 과도기인 1599년에 썼는데, 이 극에서는 이후 4대 비극에 나타나는 비극의 특징들이 엿보이기 시작한다.

제3기(1601~1608) : 비극기

엘리자베스 1세 말년부터 셰익스피어의 극 세계는 비극적 색채를 띠게 된다. 정치적 혼란상뿐만 아니라 아버지의 죽음이나 어린 아들의 죽음 같은 개인사가 셰익스피어의 비극에 영향을 끼쳤다고 주장하는 비평가도 있다. 예술적 절정기를 맞은 셰익스피어는 이 시기에 『햄릿』, 『맥베스 *Macbeth*』, 『리어 왕』, 『오셀로 *Othello*』 등 그의 가장 위대한 작품들을 대부분 썼다. 언어 구사력과 성격 창조에서도 크게 발전하여 천재 극작가로서의 면모를 갖추게 된다.

딸과 아내를 잃었다가 다시 상봉하는 내용의 『페리클레스 *Pericles*』를 제외한 이 시기의 모든 작품은 인생의 비극적인 면을 그렸다. 심지어 이 시기에 쓴 『끝이 좋으면 다 좋아 *All's Well that Ends Well*』, 『자에는 자로 *Measure for Measure*』, 『트로일러스와 크레시다 *Troilus and Cressida*』 같은 희극조차도 내용이 무겁고 심각해서 '문제 희극' 또는 '어두운 희극'이라 불린다. 이 밖에 그리스를 배경으로 한 비극 『아테네의 타이먼 *Timon of Athens*』과 로마 사극 『안토니와 클레오파트라 *Antony and Cleopatra*』, 『코리올레이누스 *Coriolanus*』를 썼다. 이런 셰익스피어의 로마 사극들은 흔히 비극으로 분류된다.

제4기(1609~1613) : 로맨스 혹은 비희극의 시기

셰익스피어는 집필 마지막 시기에 세 편의 로맨스 극과 한 편의 사극을 썼다. 『심벨린』과 『겨울 이야기 *The Winter's Tale*』, 『폭풍우』, 이 세 극과 앞 시기에 쓴 『페리클레스』를 로맨스 극 혹은 비희극이라고 부른다. 이 극들은 비극적 상황이 진행되다가 갑자기 극적 반전이 일어나 죽은 줄 알았던 가족이 살아 돌아와 용서와 화해로 행복한 결말을 맞이하는 공통된 플롯을 지니고 있다. 그런데 등장인물들의 재회와 화해에는 현실감과 개연성이 부족하고 우연적 요소가 크게 작용하기 때문에 3기에 보여 준 치밀한 극 구조는 찾아볼 수 없다.

이렇게 갑자기 습작 태도가 바뀐 것은 셰익스피어가 말년에 인생을 바라보는 태도가 바뀐 탓도 있고, 이 시기에 셰익스피어 극단이 임대한 사설 극장 블랙프라이어스의 귀족 관객들의 기호에 맞춘 탓도 있다. 존 플레처(John Fletcher)와 함께 쓴 사극 『헨리 8세 *Henry VIII*』와 『고결한 두 친척 *The Two Noble Kinsmen*』이 그의 마지막 작품들이다.

5. 셰익스피어 극의 언어

셰익스피어를 흔히 언어의 마술사라고 한다. 그만큼 그의 대사들은 아름다울 뿐만 아니라, 풍부한 비유, 함축적인 의미, 생생한 시각적 이미저리 등을 담고 있다. 게다가 그는 새로운 신조어도 많이 만들어 냈을 뿐만 아니라 기존의 단어들을 조합하거나 새롭게 사용하여 영어를 매우 풍요롭게 만들었다. 그런데 셰익스피어의 언어는 옛날 말투인 데다 운문으로 된 대사들이 많이 포함되어 있어서 일상 언어와 달리 이해하기가 어렵다. 따라서 셰익스피어를 잘 이해하려면 그의 언어적 특징을 먼저 이해해야 한다.

운문으로 된 대사

셰익스피어의 극에는 운문과 산문이 섞여 있지만 70% 이상이 운문이다. 셰익스피어는 등장인물의 신분, 직업, 성격에 따라 각기 다른 어투를 부여하고 있는데, 주로 고귀한 인물들의 언어는 운문으로, 신분이 낮은 인물들이나 희극적 인물들의 언어는 산문으로 되어 있다. 이는 당시 일반적으로 운문이 산문보다 수준 높고 고상한 것으로 여겼기 때문이다. 번역문에서 시처럼 중간 중간 끊어서 행갈이를 한 대사들이 운문이고, 그와 반대로 행을 끊지 않고 쭉 붙여서 쓴

부분은 산문이다.

셰익스피어는 등장인물의 사회적 지위에 따른 차이뿐만 아니라 특정의 극적 효과를 내기 위해서도 운문과 산문을 교차해서 사용했다. 예를 들어, 『로미오와 줄리엣』에서 베로나 시를 다스리는 에스컬러스 공작이 캐퓰릿 가와 몬태규 가의 싸움을 중지시키기 위해 등장했을 때, 싸움을 일으킨 자들을 꾸짖을 때는 산문을 사용한다. 그러나 잠시 뒤에 두 집안사람들에게 질서와 품위를 유지하라는 긴 연설을 할 때는 장중한 운문을 사용한다. 또한 4대 비극의 주인공들이 고결한 성품을 유지할 때는 운문으로 말을 하지만, 그들이 격정에 시달리거나 비이성적인 상태가 됐을 때는 산문으로 말한다. 이렇게 셰익스피어는 한 인물의 어투도 상황과 용도에 따라 변화를 준다.

무운시(無韻詩, blank verse)

셰익스피어는 운문 대사에서 주로 '무운시'라는 형식을 사용한다. 무운시란 약강 5보격이면서 압운(rhyme)을 사용하지 않는 것이다. 이를 좀 더 풀어서 설명하면 영시에서는 '약강'이든 '강약'이든 일정한 패턴의 운율 규칙을 사용하여 시에 리듬감과 음악성을 준다. '약강 5보격'은 약강의 운율 규칙을 가진 음보가 한 행에 다섯 개 들어 있는 것으로, 영시에서 가장 많이 쓰이는 운율이다. 햄릿의 가장 유명한 대사를 예로 들어 보자.

Tò bé òr nót tò bé thàt ís thè quéstion.

사느냐 죽느냐 그것이 문제로다.

이런 규칙이 조금씩 깨어질 때도 있지만 대부분의 운문 대사가 이 리듬을 지키고 있다.

다음으로 압운이란, 시에서 행의 끝부분 등에 같은 음을 반복해서 음악성을 주는 기법인데, 그 중 행의 끝부분에 같은 발음을 일정 규칙으로 쓰는 것을 각운이라고 한다. 역시 예를 하나 보자.

But passion lends them power, time means, to meet,

Tempering extremities with extreme sweet.

-『로미오와 줄리엣』 중 2막의 코러스

위 인용문에서 각 행의 끝 음이 같게 되어 있는데, 이런 압운은 청각적으로는 아름답지만 시인이 시어를 선택할 때 상당한 제약을 받는다. 그래서 셰익스피어는 극 속에서 일부 대사만 빼고 각운을 맞추지 않았다. 약강 5보격으로 일정한 운율을 사용하여 리듬감을 주면서도 압운은 맞추지 않아 비교적 자유로운 형식이 바로 무운시인 것이다. 하지만 셰익스피어는 때에 따라서 두 행씩 각운을 맞추는 2행 연구(couplet)를 사용하기도 했는데, 대체로 각 장의 끝 대사에서 이 형식을 사용했다.

가끔 번역문을 보면 아래와 같이 편집이 이상한 형태를 띠고 있을 것이다.

로렌조

아름다운 부인들이여, 당신들은 굶주린 백성이 가는 길에
만나를 내려 주시는군요.

포샤 　　　　　　　　　　　　　　　　동틀 녘이 다 되었네요.

이건 로렌조의 둘째 줄과 포샤의 대사가 합쳐져야 약강 5보격의 한 행이 되기 때문에 이렇게 편집하는 것이다.

셰익스피어의 이미저리

무대 장치나 효과가 발달하지 못했던 당시 극장의 한계를 극복하기 위해 관객들의 마음속에 생생한 그림이 떠오르도록 사용한 뛰어난 이미저리도 셰익스피어 작품이 사랑받는 또 다른 이유이다. 셰익스피어는 어떤 한 사물을 다른 사물에 빗대어 설명하는 비유적 표현에 천재적인 능력을 발휘한 작가이다.

셰익스피어의 말장난(pun)

셰익스피어는 작품 속에서 우리의 사오정 시리즈 같은 말놀이를 자주 한다. 유머러스한 효과를 내기 위해 한 단어를 두

개 혹은 그 이상의 의미를 암시하도록 사용하는 말놀이를 통해 셰익스피어는 관객에게 웃음을 일으키기도 하고, 그 어떤 것도 고정된 하나의 의미가 있는 것이 아니라 다양한 의미로 해석이 가능하다는 것을 보여 주기도 한다. 이런 말놀이는 셰익스피어 시대 관중들에게 인기가 있었던 것 같다.

『로미오와 줄리엣』을 읽기 전에

『로미오와 줄리엣』을 더 잘 이해하기 위해 먼저 읽어 보세요!

『로미오와 줄리엣』은 셰익스피어가 비교적 초기에 쓴 비극 가운데 하나입니다. 셰익스피어는 특히 비극 장르에서 최고 걸작들을 남겨 그것들을 4대 비극이라 일컫습니다. 『햄릿』, 『리어 왕』, 『오셀로』, 『맥베스』가 그에 속합니다. 그런데 『로미오와 줄리엣』은 너무나 많은 사람들이 좋아하는 셰익스피어의 대표 비극이지만, 4대 비극에 꼽히지 못한 이유가 무엇일까요? 그런 것을 이해하고 읽으면 이 극을 더 잘 이해할 수 있을 것입니다. 그러니 작품을 읽기 전에 필독해 주세요!

1. 『로미오와 줄리엣』에 나타난 셰익스피어 초기 비극의 특징과 한계

『로미오와 줄리엣』은 1595년에 집필한 것으로 추정된다. 1601년부터 집필하기 시작한 4대 비극에 비해 일찍 집필했던 비극인 것이다. 그래서 이 극에서는 아직 초기 극의 특징들이 많이 발견된다. 극작 초기에 셰익스피어는 고전극들을 모방하면서 고전극의 형식에 크게 의존한다. 예를 들어 운명에 의해 비극적 상황이 발생하는 점, 코러스가 등장하여 극 속 상황에 대해 논평하는 점, 로미오와 줄리엣의 사랑이라는 하나의 사건에 플롯이 집중되어 있는 점, 후기 극들의 대사에 비해 대사가 아주 장황한 점 등을 들 수 있다.

타고난 운명과 우연적 요소에 의존하는 운명 비극

♚ 『로미오와 줄리엣』의 비극적 파멸은 후기 4대 비극에서와 달리 주인공들의 성격 결함으로 인해 비극이 발생하는 것이 아니다. 로미오와 줄리엣은 원수 집안의 자제들끼리 운명의 장난처럼 서로 첫눈에 반한다. 그렇게 그들의 사랑은 시작부터 불운의 싹을 잉태하고 있다. 게다가 로미오가 본인의 의지와 달리 줄리엣의 사촌 오빠를 살해하게 되는가 하면 줄리엣의 가짜 죽음 소식을 전하는 자가

전염병으로 로미오에게 닿지 못하는 등 계속되는 불운이 그들을 비극으로 몰아간다. 그래서 그들은 수 세기 동안 불운한 연인을 대표하는 대명사가 되었다. 결국 이 극은 타고난 환경과 운명의 장난에 의해 주인공들이 비극에 빠지는 '운명 비극'인 것이다.

이렇듯 이 극에서 작품 내의 갈등은 집안끼리의 불화 때문에 발생하고, 그 갈등이 복잡하게 얽혀 두 주인공이 비극적 결말을 맺는 데는 우연의 요소가 너무 많이 작용한다. 따라서 『로미오와 줄리엣』은 주인공의 성격이나 잘못된 판단, 탐욕, 어리석음 등에서 비극이 발생하는 과정을 심도 있게 그려 낸 4대 비극에 비해 인물의 성격, 심리와 내면에 대한 묘사가 약한 편이다.

행위(action)의 통일

♚ 고대극들은 고대 문예가들이 주장한 규범에 따라 단일 플롯으로 구성되어 있다. 이 말은 극의 내용이 하나의 행위 혹은 사건에 집중하고 있다는 것이다. 그런데 셰익스피어는 많은 극들에서 여러 에피소드를 엮어 하나의 주제를 변주하는 실험적인 형식을 즐겨 썼다. 예를 들어 『리어 왕』에서는 리어 왕이 세 딸들의 사랑 표현만 듣고 달콤한 말들을 쏟아 낸 두 딸들에게 권력과 재산을 물려주고, 진실을 고집한 막내딸을 쫓아낸 뒤 파멸되는 주플롯과 거짓된 둘째 아들의 모함에 어리석게 속아 진솔한 첫째 아들에게 체포령을 내린 글로스

터 백작이 파멸되는 부플롯이 함께 진행된다. 이 두 플롯을 통해 셰익스피어는 외양과 진실의 괴리, 인간의 판단력 부족이라는 주제를 변주하면서 강조하고 있다. 하지만 초기 극인 『로미오와 줄리엣』에서는 그런 곁줄거리들이 등장하지 않고 오로지 로미오와 줄리엣의 사랑과 파멸이라는 하나의 사건으로만 구성되어 있다. 이는 '행위(action)의 통일'이라는 고전 규범에서 아직 벗어나지 못하고 있음을 보여 준다.

코러스의 등장

『로미오와 줄리엣』에서는 막이 처음 올랐을 때 서사 역을 맡은 코러스가 나와 '운명이 엇갈린(star-crossed)' 비극적인 연인의 죽음으로 오랜 원수 집안이 화해를 이룬다는 극 전체의 내용을 미리 관객(독자)에게 알려 준다. 또 1막과 2막 사이에 등장하여 사랑에 빠진 로미오와 줄리엣의 심정을 전해 준다. 그런데 이런 코러스는 고대 희랍극에서 흔히 볼 수 있는 연극적 장치로 셰익스피어는 비교적 초기 극들에서만 이 장치를 사용한다.

희랍극에서 코러스가 차지하는 비중은 대단히 커서 단순한 합창단의 역할을 뛰어넘어 여러 중요한 역할을 하였다. 코러스는 작가의 견해를 전하면서 등장인물의 행동을 심판하기도 하고, 관객들이 반응해 주기를 바라는 대로 끌어가기도 하고, 극의 분위기를 창출하기도 하고, 막간에 춤과 노래로 연극적 효과를 높이기도 하였다. 그러나 셰익스피어는 이 극에서 코러스를 등장시키고는 있지만 희랍극에서처럼 복잡하고 비중 있게 사용하지는 않는다.

장황한 대사

♚ 거의 일상 대화들로만 구성된 현대극의 대사에 비하면 셰익스피어 극들은 대사가 장황한 편이다. 이는 셰익스피어가 고대 그리스와 로마 극, 그 중에서도 특히 로마의 세네카라는 극작가의 영향을 받은 탓으로 여겨진다. 배우들의 연기가 아닌 낭독극의 성격을 띤 세네카의 극들은 대사가 길고 장황하다. 초기극인 『로미오와 줄리엣』의 장황한 대사에서 이런 영향을 잘 엿볼 수 있다.

2. 『로미오와 줄리엣』의 원전

셰익스피어의 모든 작품들이 옛 이야기나 역사, 신화에서 차용한 것이듯이 『로미오와 줄리엣』도 마테오 반델로(Matteo Bandello)의 이탈리아 소설 「질레타와 로미오(1544)」에서 줄거리를 차용한 것이다. 반델로의 이 소설은 1562년에 아서 브루크(Arthur Brooke)가 『로메우스와 줄리엣의 비화 *The Tragicall Historye of Romeus and Juliet*』라는 제목의 시 형식으로 옮겼고, 윌리엄 페인터(William Painter)가 1567년 다양한 이탈리아 이야기들을 산문체로 번역해 엮은 『환락의 궁전 *Palace of Pleasure*』에 수록하였다. 셰익스피어는 이 두 작품을 참조했을 것으로 추정된다. 마테오 반델로 또한 이미 여러 차례 집필된 바 있는 민담을 바탕으로 이 이야기를 썼다. 셰익스피어는 『노벨레 *Novelle*』라는 단편 소설집을 통해 16세기 서술체 문학에 새로운 조류를 형성한 반델로의 작품에서 『로미오와 줄리엣』 외에도 『헛소동』, 『십이야』 같은 극들의 줄거리를 빌려 왔다.

셰익스피어는 브루크가 번역한 시를 희곡으로 만들면서 원시의 줄거리를 빌려 왔지만 인물들에게 더 풍부한 감정과 독특한 성격을 부여했다. 또한 극의 진행 시간을 극적으로 압축하여 원래의 시에서는 9개월간 벌어진 사건을 단 5일간(혹은 6일간)의 이야기로 바꾸었다. 이를 통해 불같은 사랑의 속성을 관객들에게 더 극적으로 전달하였다.

로미오와 줄리엣

ROMEO AND JULIET

등장인물

에스칼러스 베로나의 영주
머큐쇼 젊은 귀족, 영주의 친척, 로미오의 친구
패리스 영주의 친척인 젊은 귀족
패리스의 시동

몬태규 캐퓰럿 가와 원수지간인 베로나의 한 가문의 가장
몬태규 부인
로미오 몬태규의 아들
벤볼리오 몬태규의 조카이자 로미오와 머큐쇼의 친구
아브람 몬태규의 하인
발사자 로미오의 하인

캐퓰럿 몬태규 가와 원수지간인 베로나의 한 가문의 가장
캐퓰럿 부인
줄리엣 캐퓰럿의 딸
티볼트 캐퓰럿 부인의 조카
캐퓰럿의 사촌인 노신사
유모 캐퓰럿 가의 하인으로 줄리엣의 유모
피터 유모의 시중을 드는 캐퓰럿 가의 하인
샘슨
그레고리
안토니
팝톤
(샘슨, 그레고리, 안토니, 팝톤) 캐퓰럿 가의 하인들
로렌스 수사
존 수사

프란체스코 수도회의 수사들

만토바의 약제사

악사 세 명(사이먼 캐틀링, 휴 레베크, 제임스 사운드포스트)

야경꾼들, 베로나 시민들, 가장무도회 참석자들, 횃불잡이들, 시동들, 시종들, 코러스

프롤로그

코러스 등장

코러스 이 극의 무대는 아름다운 베로나
지체 높은 두 가문의
오랜 원한이 새로운 싸움 일으켜
시민의 피로 시민의 손 더럽히도다.
이 두 원수 집안의 숙명적인 배 속에서
5 별자리가 어긋난 한 쌍의 연인 태어났으니
죽음으로 끝난 그들의 슬프고 불운한 파멸이
부모들의 불화를 묻도다.
그들의 애절한 사랑 이야기와
자식들의 죽음 외 무엇으로도 사그라뜨릴 수 없었던
10 부모들의 오랜 불화 이야기가
이제 두 시간 동안 이 무대에서 펼쳐지리니
끝까지 참고 경청해 주시기 바라노라.
혹여 부족한 부분 있으면 힘써 고쳐 보겠노라.[1] (퇴장)

1 이 서시(프롤로그)는 소네트 형식으로 되어 있다. 소네트란 14행으로 이루어진 짧은 시로 각 시행은 약강의 리듬이 다섯 개로 구성되어 있다. 소네트는 각 행의 끝 발음을 일정한 규칙으로 맞추고 있는데 이를 각운(rhyme)이라고 한다. 셰익스피어 소네트는 abab cdcd efef gg의 각운 체계를 갖고 있는데 이 서시도 마찬가지이다. 번역에서는 그 각운을 살리지는 못했다.

제1막

프랭크 딕시 경, 〈로미오와 줄리엣〉, 1884, 햄프셔, 사우샘프턴 시립 미술관

제1장

캐퓰렛 가의 하인 샘슨과 그레고리,
칼과 방패 들고 등장

샘슨 그레고리, 정말 모욕을 참지 않을 거야.

그레고리 암, 그럼 우린 좀팽이가 되는 거야.

샘슨 그러니 화가 나면 칼을 뽑자고.

그레고리 그래, 근데 사는 동안 교수형은 당하지 말아야지.

샘슨 나도 성질나면 막 찌른다고. 5

그레고리 근데 넌 쉽게 성질이 나질 않지.

샘슨 난 몬태규네 개만 봐도 화가 나.

그레고리 화가 나면 성질내고 용감하면 멈춰 싸우는데, 넌 성질나면 냅다 달아나잖아.

샘슨 그 집 개만 봐도 화가 나서 멈출 거야. 내 몬태규네 놈들이나 계집들 만나면, 담 쪽 길을 내주지 않을 거야. 10

그레고리 그러니까 네가 찌질이인 거야, 가장 찌질한 자가 벽에 붙어 다니거든.

15 **샘슨** 맞아, 그래서 약한 여잔 늘 담 쪽으로 떠밀리지. 그러니까 앞으로 몬태규네 놈들은 담에서 밀어내고, 그 집 계집들은 담으로 떠밀 거야.[1]

그레고리 싸움은 주인 나리들과 우리 사내들끼리 하는 거야.

20 **샘슨** 상관없어. 나의 폭군 기질을 보여 줄 거야. 놈들과 싸움이 끝나면 계집들에게는 친절하게 고것들 머리를 잘라 줄 거야.

그레고리 계집들 머리를?

샘슨 암, 고것들 모가지든, 거시기든[2], 자네 좋을 대로 생각

25 해.

그레고리 그런 말은 느껴지는 대로 생각해야지.

샘슨 내 물건이 서면 고것들이 제법 느낄걸. 내가 괜찮은 놈인 건[3] 세상이 다 알지.

그레고리 네가 물고기가 아니어서 다행이다. 그랬다면 넌 간

30 절인 대구[4]였을 텐데. 어서 연장이나 뽑아. 저기 몬태규 놈

---

1 그 집 ~ 떠밀 거야 : 성적인 의미를 담고 있는 대사이다.

2 고것들 모가지든, 거시기든 : 여기서 샘슨은 처녀성(maidenhead)이란 단어의 'head'를 가지고 말장난을 하고 있다.

3 내가 괜찮은 놈인 건 : '사람이 괜찮다'와 '그의 물건이 괜찮다'는 이중의 의미가 담겨 있다.

4 간 절인 대구 : 'poor John'이라는 단어는 형편없는 사순절 음식인 '간 절인 대구'라

들이 오니.

두 명의 다른 하인, 아브람과 발사자 등장

샘슨 칼 뺐어. 싸움 걸어. 내가 뒤를 봐 줄게.

그레고리 뭐, 뒤꽁무니 빼려고?

샘슨 걱정 마. 35

그레고리 아니, 정말! 걱정되거든!

샘슨 법적으로 유리하게 쟤들이 먼저 시비 걸게 하자.

그레고리 내가 지나가면서 인상을 써서 놈들이 꼴리는 대로 생각하게 만들게.

샘슨 그래, 배짱껏 생각하게 하자고. 난 놈들에게 엄지를 깨 물어 보여 주지. 그걸 참는 건 치욕일 테니. 40

아브람 이봐, 우리 보라고 엄지를 깨무는 거냐?

샘슨 이봐, 내 엄지 내가 깨무는데 왜 그러셔?

아브람 우리더러 보라는 거 아냐?

샘슨 (그레고리에게) '그렇다'고 말하면 법적으로 유리할까? 45

그레고리 (샘슨에게) 아니.

샘슨 아니, 그대들 보라고 깨무는 거 아냐. 그냥 깨무는 거야.

는 뜻도 있지만, 'John'이 속어로 남성 성기를 가리키기도 해서 힘없고 풀 죽은 남성 성기를 뜻하기도 한다.

그레고리 지금 시비 거는 거냐?

50 **아브람** 시비라니? 천만에.

샘슨 시비 거는 거라면 상대해 주지. 나도 그대들 못지않게 훌륭한 주인을 모시니까.

아브람 더 훌륭하진 않지.

샘슨 그야, 뭐.

벤볼리오 등장

55 **그레고리** (샘슨에게) 더 훌륭하다고 해. 저기 주인 나리 친척이 오니까.

샘슨 아니 더 훌륭한 분이지.

아브람 거짓말하고 있네.

샘슨 니들이 사내라면 칼을 뽑아라. 그레고리, 멋지게 한 방

60 먹여. (서로 싸운다)

벤볼리오 떨어져, 이 멍청이들아, 칼을 집어넣어, 니들이 무슨 짓 하는 지나 알고 있냐.

티볼트 등장

티볼트 아니, 이런 잔챙이들 사이에서 칼을 뽑아? 돌아서라, 벤볼리오, 어디 죽어 봐라.

벤볼리오 난 싸움을 말리는 것뿐이니 칼을 거둬라. 65
아니면 나와 함께 이놈들을 떼어 놓든가.

티볼트 뭐? 칼을 뽑아 들고 말리는 거라고? 네놈
헛소리도, 몬태규 놈들도, 네놈도 지옥만큼 싫다.
칼을 받아라, 겁쟁이야. (서로 싸운다)

시민 서너 명, 몽둥이나 창을 들고 등장

시민들 몽둥이야, 창아, 내려쳐라! 놈들을 때려눕혀라! 캐풀 70
럿 놈들을 때려눕혀라! 몬태규 놈들을 때려눕혀라!

잠옷 차림의 늙은 캐풀럿과 캐풀럿 부인 등장

캐풀럿 이게 웬 소동이냐? 여봐라, 내 칼을 가져와라!

캐풀럿 부인 지팡이, 지팡이겠죠! 칼은 왜 찾아요?

늙은 몬태규와 몬태규 부인 등장

캐풀럿 칼을 달래도! 늙은 몬태규 놈이 오고 있소. 75
날 모욕하려고 칼을 휘두르며 말이오.

몬태규 이 못된 캐풀럿 놈아! (부인에게) 잡지 마시오! 놓으라
니까.

몬태규 부인 싸울 생각이면, 꼼짝도 못 하세요.

에스칼러스 영주, 시종들을 거느리고 등장

영주 폭동을 일삼아 평화를 깨고
80 이웃의 피로 칼을 물들이는 이 불경스런 자들아
내 말 듣지 못할까? 아니! 이 짐승 같은 자들아!
그대들의 유해한 분노의 불을 그대 핏줄기에서
치솟는 붉은 분수로 끄려하느냐,
고문의 고통 피하려거든, 피로 얼룩진 그 손에서
85 잘못 벼려진 무기를 땅에 던지고,
노한 이 영주의 선고를 듣거라.
늙은 캐퓰럿, 몬태규, 그대들의
하찮은 말싸움 때문에 세 번이나 싸움이 나서
이 거리의 평온이 깨지고
90 베로나의 노인장들이
그 근엄함에 어울리는 장신구를 내던지고,
늙은 손에 평화로 인해 녹슨 낡은 창을 쥐고
그대들의 해묵은 증오를 뜯어말리게 했다.
또다시 이 거리를 소란케 하면
95 평화교란죄로 목숨을 잃을 것이다.
지금 당장 다들 물러가고

캐퓰럿, 그대는 나와 함께 가고
몬태규, 그대는 오늘 오후에
공공 법정인 프리타운[5]으로 와서
이번 사건에 대한 내 의중을 더 들어라. 100
다시 말하건대 목숨이 아깝거든 다들 물러가라.

(몬태규, 몬태규 부인, 벤볼리오만 남고 모두 퇴장)

몬태규 이 해묵은 싸움을 누가 다시 시작했느냐?
말해 봐라, 벤볼리오, 싸움이 시작될 때 있었느냐?

벤볼리오 제가 여기 오기 전에 양가 하인들이
막 싸움을 벌이려 하고 있었습니다. 105
제가 칼을 빼들고 그들을 떼어 놓으려는 순간,
성질이 불같은 티볼트가 칼을 빼들고 와서는
제 귀에 공격적인 말들을 퍼붓고
머리 위로 칼을 휘둘렀는데, 허공만 가를 뿐
아무도 베지 못하고, 칼 소리만 놈을 조롱했습니다. 110
우리들이 서로 치고받고 하는 동안
사람들이 점점 모여들어 이쪽저쪽 편이 되어 싸웠는데,
그때 영주님이 오셔서 양편을 갈라놓으셨습니다.

몬태규 부인 오 로미오는 어디 있느냐? 오늘 보았느냐?

5 프리타운 : 이 극의 원전 중 하나로 알려진 아서 브루크(Arthur Brooke)가 번역한 『로메우스와 줄리엣의 비화』에서는 프리타운이 캐퓰럿의 저택이라고 되어 있다.

115 그 애가 이 싸움에 끼지 않아서 정말 다행이다.

벤볼리오 숙모님, 숭앙받는 태양이
황금빛 동쪽 창에서 얼굴을 내밀기 한 시간 전에
제 마음이 심란하여 산책하고 있었는데
시가지 서쪽 단풍나무 숲 아래에서
120 그렇게 이른 시간에
로미오가 산책하는 것을 보았습니다.
제가 다가가자 알아차리고,
숲 속으로 숨어 버렸습니다.
저 자신 너무 지쳐 저 하나만도 버거워
125 되도록 인기척 없는 곳을 찾았던
제 경우에 비추어 그의 심정을 헤아려,
로미오의 기분보다는 혼자 있고 싶은 제 기분을 좇아
날 피하는 로미오에게서 기꺼이 물러났습니다.

몬태규 여러 날 아침, 그 애가 거기서 보였다.
130 눈물로 신선한 아침 이슬을 늘리고
깊은 한숨으로 흐린 하늘에 먹구름을 더하면서.
그러나 만물을 기쁘게 해 주는 태양이
머나먼 동녘에서 새벽의 여신 오로라의
침실로부터 어둠의 커튼 걷어 내기 시작하면,
135 침울한 내 아들은 햇살을 피해 슬그머니
집으로 돌아와서 방에 혼자 처박혀

창문을 닫아 아름다운 햇빛을 차단해서
억지로 어두운 밤을 만든단다.
누군가 좋은 충고로 그 원인을 제거하지 않으면
그런 기분은 어둡고 불길한 결과를 낳을 게다. 140

벤볼리오 숙부님은 원인을 아십니까?

몬태규 모르는데 알아낼 도리도 없구나.

벤볼리오 어떻게든 물어는 보셨습니까?

몬태규 나뿐만 아니라, 여러 지인들이 물어봤지.
그러나 그 애가 얼마나 진솔한 상담자인지는 145
모르나 오로지 자신만을 자기감정의 상담자로 삼아
마치 꽃봉오리가 아름다운 꽃잎을 대기 속에 활짝 피워
그 아름다운 모습을 해님에게 보이기도 전에
시샘하는 벌레에게 먹히는 것처럼 150
제 비밀을 자기 혼자서만 간직하니
얘길 들을 수도, 알아낼 길도 없구나.
그 애의 슬픔의 원인을 알 수만 있다면
기꺼이 치료해 줄 수 있을 텐데.

로미오 등장

벤볼리오 저기 로미오가 오네요. 자리 좀 비켜 주시면
슬픔의 원인을 알아보겠습니다, 아주 거부당하지 않으면요. 155

몬태규 네가 여기 남아 저 애의 솔직한 마음을

들을 수 있었으면 좋겠구나. 자, 부인, 갑시다.

(몬태규와 몬태규 부인 퇴장)

벤볼리오 좋은 아침이야, 로미오.

로미오 아직도 아침이야?

벤볼리오 방금 아홉 시 쳤는데.

로미오 아, 내겐 슬픈 시간이 긴 것 같아.

160 방금 서둘러 자리를 뜨신 게 우리 아버지야?

벤볼리오 응, 뭐가 그리 슬퍼서 로미오 시간이 그리 더딜까?

로미오 시간을 짧게 만들어 주는 것을 갖지 못해서.

벤볼리오 사랑에 빠져서?

로미오 빠지지 못해서.

165 **벤볼리오** 사랑에?

로미오 내가 사랑하는 그녀의 사랑에.

벤볼리오 세상에, 겉으론 그리 다정해 보이는 사랑이

실제론 그렇게 포악하고 거칠다니.

로미오 아아, 눈이 가려진 사랑[6]은

170 눈 없이 제 마음을 따라 길을 찾아가야 해.

어디서 식사할까? 아 참! 무슨 소동이 있었어?

6 눈이 가려진 사랑 : 사랑의 신 큐피드는 장님 이미지로 묘사된다. 이는 사랑의 맹목적성(blindness)을 가리키는 상징이다.

아냐, 말하지 마. 벌써 다 들었으니까.
여기선 증오 때문에 일이 많이 나지만, 사랑 때문에는 더해.
그러고 보면, 아, 다투는 사랑! 아, 사랑의 미움.
아, 모든 것 무(無)에서 창조되는 것! 175
아, 무거운 경박함, 진지한 하찮음.
근사한 모습을 한 기형의 혼돈,
납덩이같은 깃털, 밝은 연기, 차가운 불, 병든 건강,
잠이 아닌 깨어 있는 잠![7]
난 이렇게 느껴지지 않는 사랑을 하고 있어. 180
벤볼리오, 웃기지 않아?

벤볼리오 아니, 울고 싶어.

로미오 착한 녀석, 왜?

벤볼리오 착한 네 마음이 고통당하니까.

로미오 바로 그게 사랑의 죄야.
내 슬픔만으로도 마음이 무거운데,
너는 네 슬픔까지 보태어 내 마음을 185
더 짓누르니. 네가 보여 준 이 사랑은
넘쳐나는 내 슬픔에 슬픔을 더해.
사랑은 탄식이 만들어 내는 연기
그 연기 걷히면 연인들 눈 속에 빛나는 불꽃

7 아, 다투는~깨어 있는 잠! : 인생의 온갖 역설적인 면을 나열하고 있다.

190 그 연기 흐려지면 연인들 눈물로 넘쳐나는 바다

아님 뭐겠어? 가장 신중한 미친 짓

숨을 멎게 하는 담즙이자 생명을 주는 감로수.

잘 가, 사촌.

벤볼리오 잠깐, 나도 갈 거야.

이렇게 날 버려두고 가다니, 너무하는군.

195 **로미오** 제길, 난 나 자신을 버려서, 난 여기 없어.

이건 로미오가 아냐. 로미오는 딴 데 가 있어.

벤볼리오 진짜 말해 줘, 네가 사랑하는 여자가 누군지.

로미오 뭐야, 신음을 하며 털어놓으라는 거야?

벤볼리오 신음? 아니, 누군지 사실대로만 말해 달라고.

200 **로미오** 진짜 환자에게 유서를 쓰라는 거야?

병에 걸린 사람에겐 너무 잘못된 요구야!

벤볼리오, 나 어떤 여자를 정말 사랑하고 있어.

벤볼리오 네가 사랑에 빠졌다 짐작했으니 어지간히 맞혔군.

로미오 명사수네. 내 사랑은 미인이야.

205 **벤볼리오** 로미오, 아름다운 표적이라면 당장 맞혀야지.

로미오 아니, 이번엔 빗나갔어, 그녀는 큐피드의 화살에

맞지 않아, 디아나 여신[8]의 지혜를 지니고,

---

8 디아나 여신 : 그리스 신화의 아르테미스에 해당하는 로마 신화 속 여신으로 달의 신이자 사냥의 신, 동물 수호신으로 지혜와 순결의 상징이다.

순결의 갑옷으로 단단히 무장하고 있어서
약하고 어설픈 사랑의 신이 쏜 화살의 마법에 걸리지 않아.
아무리 구애의 말을 퍼붓고, 210
추파의 눈길을 던져도 끄떡 않고,
성인(聖人)들도 홀리는 황금에도 다리를 벌리지 않아.
오, 그녀의 아름다움 너무 풍요로우나, 혼자만 간직하다
죽는다면 얼마나 낭비일까.

벤볼리오 그럼 그녀는 평생 독신으로 산다고 맹세한 거야? 215

로미오 응, 근데 그렇게 아끼는 건 엄청난 낭비야.
그녀의 그 엄격함 때문에 시든 아름다움이
대대손손 이어질 아름다움을 중단시키니까.
그녀는 너무 아름답고, 너무 지혜로워, 너무 지혜로워서
날 절망시키니 하늘의 축복 받지 못할 거야. 220
그녀가 사랑 따윈 않겠다고 맹세해서
살아 이런 말을 하고 있는 난 산송장이나 다름없어.

벤볼리오 내 말 듣고, 그 여자 잊어버려.

로미오 아, 어떻게 하면 잊을 수 있는지 가르쳐 줘.

벤볼리오 네 눈에 자유를 줘서 225
다른 미녀들을 찾아봐.

로미오 그건 그녀의 아름다움을
더 생각나게 하는 방법이야.
미녀의 이마에 입 맞추는 행복한 가면은

검지만 그것이 가리고 있는 아름다움을 생각하게 해.

230 별안간 눈이 먼 사람은 잃어버린 눈이 봤던

소중한 보물들을 잊지 못해.

빼어난 미인을 보여 줘 봐.

그녀의 미모는 그 빼어난 미모를 능가하는

사람을 생각나게 해 줄 뿐이야.

235 안녕, 넌 그녀를 잊는 법을 가르쳐 주지 못해.

벤볼리오 반드시 네 말이 틀리다는 걸 보여 주지.

(모두 퇴장)

제2장

캐퓰럿, 패리스 백작, 하인 등장

캐퓰럿 그러나 나뿐만 아니라 몬태규도

똑같이 처벌받게 되었소. 그리고 우리같이

나이 든 사람들이 평화를 지키는 건 어렵지 않을 게요.

패리스 두 집안처럼 명성 높은 가문이

5 그리 오랫동안 반목하니 안타깝습니다.

그건 그렇고, 제 청혼은 어찌 생각하십니까?

캐퓰럿 전에 한 말을 되풀이할 수밖에 없소.

딸애가 열네 살도 채 되지 않아서
아직 세상 물정을 몰라요.
여름의 위용이 두 번 더 시들고 나서야 10
그 애가 신붓감이 될 만큼 성숙해지리라 생각해요.

패리스 더 어린데 행복한 어머니가 된 사람들도 있습니다.

캐퓰럿 그렇게 일찍 시집가면 너무 빨리 상해요.
그 애 말고는 내 희망이 다 땅에 묻혀
그 애가 내 땅의 유일한 상속자요. 15
허나 다정한 백작이 구애해서 그 애 마음을 얻어 보시오.
내 뜻은 그 애 승낙의 한 부분일 뿐이니
그 애가 좋다고 하면 그 애 선택대로
나도 승낙할 것이오.
오늘 밤 오랜 관례대로 연회를 열 것이요. 20
내가 좋아하는 많은 분들을 초청했는데
백작도 그 중 한 명으로
가장 환영받는 한 사람으로 명단에 들어 있소.
오늘 밤 누추한 우리 집에서 어두운 밤하늘을
밝게 비춰 주는 지상의 별들[9]을 만나 보시오. 25
겨울이 절뚝거리며 사라지고 난 뒤
곱게 단장한 4월이 오면, 활기찬 젊은이들이

9 어두운 밤하늘을 ~ 지상의 별들 : 연회에 참석한 아름다운 여인들을 비유한 표현이다.

느끼는 바로 그런 기쁨을 백작은 오늘 밤 우리 집에서
꽃봉오리 같은 아가씨들 속에서
30 느끼게 될 것이오. 잘 살펴보고, 잘 들어 본 다음
가장 자질이 뛰어난 아가씨를 사랑하도록 하시오.
더 많은 아가씨들을 보면 그중 하나인 내 딸이
손가락 안에는 들어도 최고는 아닐게요.
자 함께 갑시다. (하인에게) 여봐라,
35 아름다운 베로나 시내를 돌아다니면서,
여기 적혀 있는 분들을 찾아내어,
우리 집에 와 주십사 전해라. (캐퓰럿과 패리스 퇴장)

하인 여기 적힌 사람들을 찾으라고? 구두장이는 자에, 재단
40 사는 구두 골[10]에, 낚시꾼은 연필에, 화가는 그물에 신경
써야 한다고 쓰여 있기는 하더만[11], 나한테 여기 적혀 있
는 사람들을 찾아가라니, 도대체 누구 이름을 썼는지 모르
는데. 글을 아는 사람부터 찾아야겠다. 마침 잘됐다.

벤볼리오와 로미오 등장

---

10 구두 골 : 신발을 만들거나 수리할 때 쓰는 발 모양의 금속 틀.

11 구두장이 자에 ~ 있기는 하더만 : 존 릴리(John Lyly)의 『유퓨즈, 지혜의 해부 *Euphues, the Anatomy of Wit*』에 나오는 대사를 패러디한 것이다(Arden 96쪽 각주 참조). 문맹인 자신에게 쪽지에 적힌 사람들을 찾아가 초대하라는 주인의 말도 안 되는 요구의 역설을 비유하는 인용이다.

벤볼리오 이봐, 불은 불로 끄는 거야. 45

고통은 다른 고통으로 잡는 거고.

뱅뱅 돌다 어지러우면 반대쪽으로 돌면 되고,

절망적인 슬픔은 다른 고통으로 치유되는 법이지.

네 눈에 새 눈병이 걸리면

이전 눈병의 고약한 독소는 사라질 거야. 50

로미오 네 처방대로라면 거기에는 질경이 잎[12]이 특효지.

벤볼리오 어디에?

로미오 네 정강이 상처에.

벤볼리오 아니, 로미오, 너 미쳤냐?

로미오 미치진 않았는데 미치광이 이상으로 매여 있지.

감옥에 갇혀 제대로 먹지도 못하고 55

매질 당하고 괴로워하면서. (하인에게) 이보게, 안녕하신가.

하인 안녕합쇼, 나리. 나리는 읽을 줄 아시죠?

로미오 암, 내 불행 속에서 내 운명은 읽을 수 있지.

하인 그건 책 없이도 알 수 있습죠. 하나 제 말은 눈으로 읽을 줄 아시냐구요? 60

로미오 그럼, 아는 글자와 언어라면.

하인 솔직하게도 말씀하시네. 그럼 재미들 보십쇼.

12 질경이 잎 : 질경이 잎은 피를 멎게 하는 지혈 효과와 살균, 상처 치유 성분이 있기 때문에 잎을 상처나 궤양, 종기, 부스럼 등에 찧어 붙인다.

로미오 이봐, 있어 봐, 나 글 읽을 줄 아네. (명단을 읽는다)

마티노 나리와 그의 영부인과 딸들,
65 안셀름 백작과 그의 아름다운 누이들,
비트루비오의 미망인,
플라센시오 나리와 그의 사랑스런 조카딸들,
머큐쇼와 그의 동생 발렌타인,
사촌형 내외분과 딸들
70 나의 아름다운 조카 로잘라인과 리비아,
발렌시오 나리와 그의 사촌 티볼트,
루시오와 발랄한 헬레나 양.

멋진 모임이군. 어디로 오라는 건데?

하인 저기로요.

75 **로미오** 연회를 어디서 하냐구?

하인 저희 집에서요.

로미오 자네 집이 어딘데?

하인 저희 주인 나리 댁이요.

로미오 하긴 그걸 먼저 물었어야 했구나.

80 **하인** 묻지 않으셔도 말씀드립죠. 제 주인님은 대부호 캐퓰럿 나리신데, 나리께서도 몬태규 집 사람만 아니면 오셔서 실컷 술 드십쇼. 그럼 재미들 보십쇼! (퇴장)

벤볼리오 오랜 관행인 캐퓰럿 가의 이 연회에
베로나에서 칭송받는 모든 미녀들과 함께 85
네가 연모하는 아름다운 로잘라인도 참석하네.
거기 가서 내가 보여 주는 미녀들과
그녀의 얼굴을 공평한 눈으로 비교해 봐.
그럼 너의 백조가 까마귀라고 생각하게 될 걸.

로미오 변함없이 충실한 내 눈이 90
그런 거짓말을 했다면 눈물은 불꽃이 되고
곧잘 익사했지만 빠져 죽지 못한
이 명백한 이단자들을[13] 거짓을 행한 죄로 화형에 처해라.
내 연인보다 예쁜 여자라고? 온 세상을 내려다보는 태양도
천지 창조 이래 그녀에 비길 만한 미인은 보지 못했어.[14] 95

벤볼리오 쳇, 비교 상대가 없으니 아름답게 보이는 거지.
양쪽 눈에 그녀만 담아 놨으니.
그러나 수정 저울 한쪽에 네 연인을 올려놓고
다른 한쪽에 오늘 연회에서 빛을 발하는
다른 아가씨를 올려놓고 저울질해 보면 100
지금은 최고로 보이지만 별 볼 일 없을걸.

13 이 명백한 이단자들을 : 눈을 가리킨다. 불로 변한 눈물로 거짓을 행한 눈을 태워 버리라는 뜻이다.

14 온 세상을 ~ 보지 못했어 : 이런 격찬은 이탈리아 시인 페트라르카가 사랑하는 여인을 찬미하면서 썼던 표현법인데, 당시 연애시에서 이런 화법이 대유행이었다.

로미오 가긴 가는데 그런 여자들을 보기 위해서가 아니라
내 님의 찬란함을 즐기기 위해서 가마.

(모두 퇴장)

제3장

캐퓰럿 부인과 유모 등장

캐퓰럿 부인 유모, 우리 딸 어디 있어? 그 애 좀 데려와요.

유모 열두 살 때 제 처녀성을 걸고 맹세하는데
오라고 했어요, 이봐요, 순한 양 아가씨. 귀염둥이 아가씨.
아니, 아가씨 어디 있지? 줄리엣 아가씨!

줄리엣 등장

줄리엣 왜, 누가 불러?

5 **유모** 마님께서요.

줄리엣 어머니, 저 여기 있어요. 무슨 일이세요?

캐퓰럿 부인 무슨 일이냐 하면, 유모, 잠깐 자리 좀 비켜 줘.
우리끼리 할 얘기가 있으니. 아니, 유모, 그냥 이리 와.
생각해 보니 유모도 같이 듣는 게 좋겠어.

유모도 알다시피 우리 애가 이제 한창때잖아. 10

유모 정말, 아가씨 나이라면 제가 시간까지 말할 수 있죠.

캐퓰럿 부인 열네 살은 아직 안 됐지.

유모 제 이빨 열네 개를 걸고 맹세하는데

근데 슬프게도 이빨이 네 개밖에 없네요.

아가씬 열네 살이 안 됐어요. 8월 추수제[15]가

며칠 남았죠?

캐퓰럿 부인 두 주일하고 며칠. 15

유모 며칠이고 뭐고, 일 년 365일 중

8월 추수제 전날 밤이 되면 아가씨가 딱 열네 살이 돼요.

제 딸 수잔과 아가씬—하느님 온 기독교 영령들에게 자비를—동갑이었어요. 그런데 그 앤 지금 하나님 품에 있죠.

딸은 제게 너무 과분했어요. 아무튼 8월 추수제 20

전날 밤에 아가씬 열네 살이 됩니다.

그렇고말고요! 똑똑히 기억하고 있어요.

지진이 일어난 지가 열한 해 되었는데,

그때 아가씨 젖을 떼었죠. 절대 그때를 잊지 못해요.

365일 가운데 바로 그날을요. 25

---

15 8월 추수제 : Lamb(양)과 Mass(미사)의 합성어인 Lammas Day 또는 Lammstide라고 하는 축일(성 베드로가 옥에 갇힌 날을 기념하는 축일로 지금은 폐지되었다)로, 성 베드로 사슬 기념일을 영국 중세기에 부르던 이름이다. 8월 1일에 열리는데 첫 추수 수확물(주로 빵)을 바치며 감사 미사를 드린 데서 기원한 것이다.

왜냐하면 그날 제 젖꼭지에다 쓴 약쑥을 바르고
비둘기 집 담 밑에서 햇볕을 쬐고 있었어요.
나리와 마님은 만토바에 가셨고,
분명히 기억하고 있어요. 그건 그렇고 아까 말한 대로
30 제 젖꼭지에서 약쑥을 빨고
쓴맛이 나자, 고 어수룩한 귀염둥이가
화를 내면서 젖꼭지에서 떨어졌죠.
그때 비둘기 집이 덜컹! 흔들렸어요. 저더러
피하라고 말해 줄 필요도 없었죠.
35 그로부터 열한 해가 지났네요.
그땐 아가씨가 혼자 설 수 있었어요. 아니, 분명
여기저기 아장아장 걷기도 하고, 뛰어다니기도 했어요.
왜냐하면 바로 그 전 날 아가씨가 이마를 깼거든요.
그때 제 남편은—하나님, 그이의 명복을 빌어 주세요—
40 제 남편은 아주 재미난 사람이었는데 아가씨를 일으키며
"이런, 앞으로 넘어지셨네?
철이 들면 뒤로 넘어지실 거예요,[16]
그렇죠, 줄?" 하고 말했는데 아 글쎄
고 귀여운 장난꾸러기가 울다 말고 "응" 하더라구요.
45 근데 그 농담이 진담이 되는 날을 보다니요.

16 철이 들면 ~ 넘어지실 거예요 : 성적인 의미의 말이다.

참말이지 천 년을 산다 해도
절대 잊지 못할 거예요, "그렇죠, 줄?" 하고 그이가 말하니까
고 귀여운 것이 울음을 멈치고 "응" 했다니까요.

캐퓰럿 부인 됐어, 제발, 조용히 좀 해.

유모 네, 마님, 하지만 애기가 울다 말고 "응" 하고 50
대답하던 걸 생각하면 웃음을 참을 수가 없어요.
근데 그때 아가씨 이마에
어린 수탉 불알만 한 혹이 생겼어요.
심하게 부딪혀서 아가씨가 엄청 우셨죠.
그런데 남편이 "이런, 앞으로 넘어지셨네? 55
철이 들면 뒤로 넘어지실 거예요. 그렇죠, 줄?"
하니까, 울다 말고 "응" 했다니까요.

줄리엣 그만 좀 해, 유모, 제발.

유모 네, 그만할게요. 우리 아가씨에게 축복이 있기를!
아가씬 내가 키운 애기들 가운데서 제일 예뻤어요. 60
아가씨 시집가는 걸 보고 죽는다면
소원이 없겠어요.

캐퓰럿 부인 바로 그 얘기야, 내가 말하려는 것도.
바로 결혼 얘기야. 얘, 줄리엣,
결혼에 대해 어떻게 생각하니? 65

줄리엣 생각도 못 한 영광이죠.

유모 영광이구말구요. 내가 아가씨 유모가 아니라면

그런 지혜를 유모의 젖꼭지에서 받았다고 말하고 싶네요.

캐퓰럿 부인 그렇다면 지금부터 생각해 봐라. 베로나에는

70 너보다 어린 규수들이

벌써 엄마가 되었다. 내 경우만 해도

너는 지금 처녀지만, 그 나이에

난 널 낳았어. 그러니 간단히 말하마.

저 늠름한 패리스 백작이 너에게 구혼을 했어.

75 **유모** 남자다운 분이죠, 아가씨. 그분이라면

온 세상에서—암요, 나무랄 데 없는 분이죠.

캐퓰럿 부인 베로나의 여름에도 그렇게 멋진 꽃은 없지.

유모 맞아요, 그분은 꽃이에요. 진짜 멋진 꽃.

캐퓰럿 부인 어때? 그 사람을 사랑할 수 있겠니?

80 오늘 밤 연회에서 그분을 볼게다.

젊은 패리스 백작의 얼굴을 책 보듯 찬찬히 뜯어보고

아름다움을 창출하는 펜으로 쓰인 즐거움을 찾아봐라.

잘 어우러진 이목구비를 살펴보고

그것들이 서로 얼마나 조화를 이루는지 봐라.

85 그 아름다운 얼굴에서 잘 모르겠는 건

눈의 여백에 쓰여 있으니 거기서 찾아봐라.

아직 제본이 안 된 이 소중한 사랑의 책은

표지만 붙이면 곱게 완성된다.[17]

물고기가 바다에서 살 듯[18] 외적 아름다움은

숨겨진 내적 아름다움으로 인해 더욱 빛나는 법이다.[19] 90
황금 고리 속에 값진 이야기를 담고 있는
책[20]이 많은 이들의 눈에서 그 영광을 공유한다.
그러니 네가 그를 차지하면 네 것은
줄지 않고 그의 것을 모두 갖게 되는 것이다.

유모 줄다니요, 불어나죠. 여자는 남자 때문에 불어나죠.[21] 95

캐퓰럿 부인 간단히 말해 패리스 백작의 사랑을 받아들일 수
있겠니?

줄리엣 본다고 좋아진다면 좋아지도록 봐볼게요.
하지만 어머니가 승낙하시는 것보다
더 깊숙이 들여다보지는 않을게요.

하인 등장

하인 마님, 손님들은 오셨고, 저녁상은 다 차려졌고, 마님을 100

17 표지만 붙이면 곱게 완성된다 : 결혼을 통해 완성된다는 의미이다.

18 물고기가 바다에서 살 듯 : 이건 결혼을 하지 않은 남녀는 물 떠난 물고기와 같다는 뜻이다.

19 외적 아름다움은 ~ 빛나는 법이다 : 외적 아름다움은 남편, 숨겨진 내적 아름다움은 아내를 의미한다.

20 황금 고리 ~ 있는 책 : 이때 '값진 이야기'는 패리스 백작을 뜻하고, 그 이야기를 담고 있는 '책'은 줄리엣을 가리킨다.

21 줄다니요, 불어나죠. ~ 때문에 불어나죠 : 유모는 캐퓰럿 부인의 말을 받아서 성적인 말장난을 하고 있다. 이때 불어난다는 것은 임신을 해서 배가 불어나게 된다는 의미이다.

부르고, 아가씨를 찾고, 주방에선 유모를 욕하고, 모든 게 난리입니다. 전 가서 시중들어야 하니, 어서 뒤따라오십시오. (퇴장)

캐플럿 부인 곧 가마. 줄리엣, 백작이 기다리고 있다.

105 **유모** 자, 애기씨, 행복한 낮에 이어 행복한 밤을 가지세요.

(모두 퇴장)

제4장

로미오, 머큐쇼, 벤볼리오,
가면을 쓴 대여섯 명의 사람들과 횃불잡이들 등장

로미오 자, 우리 소개를 한마디 하고 들어갈까?[22]
아니면 그냥 들어갈까?

벤볼리오 그런 장황한 짓은 한물갔어.
스카프로 눈을 가린 큐피드처럼
5 타타르 족[23]의 알록달록한 장난감 활[24]을 들고

22 우리 소개를 한마디 하고 들어갈까? : 관습에 의하면 가면을 쓴 사람들은 한마디씩 준비해 와서 하고 들어간다고 한다.(Arden 105쪽 각주 참조)

23 타타르 족 : 투르크계 민족으로 이슬람교를 믿으며 유럽의 중세 작품들에 자주 등장한다. 이 단어는 호메로스(Homeros)의 『일리아드 *Iliad*』에서 언급된, 그리스 신화에 나오는 지옥

허수아비처럼 여성들을 놀라게 할 필요도 없고
입장하기 위해 프롬프터[25]를 따라 기어들어 가는 목소리로
서시를 읊을 필요도 없어.
우리에 대해서는 그들 맘대로 생각하게 하고
우리는 들어가서 춤이나 추고 나오면 돼. 10

로미오 횃불 이리 줘. 난 노닥거릴 기분 아냐.
마음이 무거우니, 불이나 들고 있을래.[26]

머큐쇼 아니, 로미오. 자네가 꼭 춤을 추게 해야 해.

로미오 정말 안 춘다니까. 너희들은 밑창이 가벼워서
춤추기 좋은 구두를 신었지만 내 마음은 납덩이처럼 무거워 15
바닥에 딱 달라붙어 움직일 수가 없어.[27]

머큐쇼 넌 연애를 하고 있잖아, 큐피드의 날개를 빌려
보통 사람들보다 더 높이 훨훨 날아 봐.

로미오 큐피드의 화살에 너무 심하게 찔려서
그의 가벼운 날개로도 날 수 없고, 워낙 꽉 매여 있어서 20

의 악마 이름에서 유래한 것이다. 타타르 족 사람들은 기독교의 공적(公敵)으로 간주되었다.

24 타타르 족의 알록달록한 장난감 활 : 영국의 긴 활과는 달리 큐피드의 입술 모양 활과 비슷하게 생긴 짧고 굵은 활

25 프롬프터 : 배우나 출연자가 대사를 말하기 전에 작은 목소리로 대사를 읽어 주는 사람

26 마음이 무거우니, 불이나 들고 있을래 : 셰익스피어는 이 행에서 '마음이 무겁다'라는 뜻으로 쓴 'heavy'의 반대말인 'light'가 '가볍다'란 뜻과 '불'이란 두 가지 의미를 지닌 것을 이용하여 말장난을 하고 있다.

27 너희들은 밑창이 ~ 수가 없어 : sole(구두 밑창)과 soul(영혼)은 동음이의어이다. 이것을 이용하여 로미오는 말장난을 하고 있다.

무거운 슬픔에서 한 치도 벗어날 수 없어.
사랑의 무거운 짐에 빠져 난 깔려 있어.

머큐쇼 그 안에 빠져 있다면 네 사랑에게 큰 짐이 될 텐데
가냘픈 것이 견디기엔 너무 큰 압박이겠는데.[28]

25 **로미오** 사랑이 가냘프다고? 사랑은 거칠고
무례하고 난폭하고 가시처럼 찔러.

머큐쇼 사랑이 거칠게 굴거든 너도 거칠게 굴어.
사랑이 널 찌르거든 너도 찔러. 그래야 사랑을 굴복시키지.
내 얼굴 좀 가리게 가면 좀 줘.
30 탈바가지 같은 얼굴에 탈바가지라. 호기심 찬 눈들이
이 못생긴 낯짝을 쳐다본들 무슨 상관이야?
툭 불거진 눈썹을 가진 이 가면이 나 대신 얼굴 붉히겠지.

벤볼리오 자, 문을 두드리고 들어가자, 들어가자마자
다들 발을 놀리는 거야.

35 **로미오** 횃불 이리 줘, 마음이 가벼운 난봉꾼들이나
감각 없는 바닥 깔개를 발꿈치로 비벼대라고.
아주 훌륭한 옛 속담대로 나는
횃불잡이가 되어 구경이나 할 테니.[29]

---

28 사랑에 큰 ~ 큰 압박이겠는데 : 머큐쇼는 로미오가 말하는 사랑의 정신적인 짐을 육체적 의미로 해석하며 말장난을 하고 있다. 이때 '가냘픈 것(a tender thing)'은 여성의 신체 부위를 표현한 것이다. 그런데 다음 행에서 로미오는 이 '가냘픈 것'을 '사랑'으로 받아들이고 있다.

판이 한창 좋으니, 난 조용히 빠지겠어.[30]

머큐쇼 칫, '조용히'는 야경 도는 순경이나 할 소리지. 40

네가 그놈의 사랑이라는—신이시여 용서하소서—진흙에

빠진 말이라면 우리가 건져 주지. 넌 귀밑까지

완전히 빠졌거든. 자, 빛이 타고 있다, 어서 가자.

로미오 아니, 무슨 빛이 타?

머큐쇼 내 말은 우물쭈물하다가는

대낮의 횃불 마냥 쓸데없이 횃불을 낭비한다는 거야. 45

내 뜻을 좀 새겨들어. 그 안엔 오감(五感)보다

다섯 배나 더 많은 지혜가 담겨 있으니.

로미오 가면무도회에 가는 건 좋은데

그렇게 지혜로운 것 같진 않은데.

머큐쇼 왜 그런지 물어봐도 돼?

로미오 간밤에 꿈을 꾸었어.

머큐쇼 나도 꿨는데. 50

로미오 넌 어떤 꿈을 꿨는데?

머큐쇼 꿈은 종종 개꿈이라는 꿈.

---

29 아주 훌륭한 ~ 할 테니 : '훌륭한 횃불잡이가 훌륭한 노름꾼이다(A good candle-holder proves a good gamester.)'라는 속담으로 옆에서 지켜보는 사람이 게임을 가장 잘 본다는 의미이거나 노름을 안 하면 잃는 게 없다는 뜻이다. (Arden 107 각주 참조)

30 판이 한창 ~ 조용히 빠지겠어 : 역시 노름에서 가장 돈을 많이 땄을 때 노름판에서 빠지라는 속담을 응용한 대사다.

로미오 자면서 진짜 맞는 꿈도 꾸거든.

머큐쇼 아, 그렇다면, 맵 여왕이 나타났던 모양이군.

맵 여왕은 산파 역할을 하는 요정인데

55 시의원의 집게손가락에 낀

마노[31] 만큼 조그마한 게

난쟁이들이 끄는 마차를 타고 와서

잠자는 사람들의 코 위를 지나가지.

맵 여왕의 수레는 속 빈 개암나무 열매로,

60 예부터 요정들의 수레를 만들었던

가구장이 다람쥐나 붉은 땅벌레가 만들었지.

마차의 바퀴살은 거미의 긴 다리로 만들었고,

덮개는 잠자리 날개,

마구는 가장 가는 거미줄,

65 말 목줄은 물기 어린 달빛,

채찍은 귀뚜라미 뼈로, 채찍 끈은 가는 거미줄,

마부는 게으른 여자애의 손톱 밑에서 꺼낸

조그마한 둥근 벌레의 반도 안 되는

회색 외투를 입은 작은 각다귀[32]로

70 맵 여왕은 이런 모습으로 밤마다 돌아다니는데

31 마노 : 수정과 같은 석영 광물로서 말의 뇌수를 닮았다고 해서 '마노'라고 이름 붙여진 보석이다.

32 각다귀 : 모기처럼 몸이 가늘고 다리가 긴 곤충들의 총칭이다.

그녀가 연인들 머릿속을 지나가면 그들은 사랑 꿈을 꾸고,
벼슬아치들 무릎 위를 지나가면 바로 절하는 꿈을 꾸고,
변호사 손가락 위를 지나가면 바로 사례금 꿈을 꾸고,
아가씨 입술 위를 지나가면 바로 키스하는 꿈을 꾸지.
그때 아가씨의 입김에서 과자 맛이라도 나면 75
맵 여왕은 화가 나서 물집이 생기게 하지.
때때로 벼슬아치의 코 위를 달려가면
소송으로 호주머니를 부풀리는 꿈을 꾸며,
어떨 땐 십일조로 바쳐진 돼지꼬리를 갖고 와서
잠자는 목사의 코를 간질이면 80
그는 또 다른 성직을 받는 꿈을 꾸지.
때때로 병사들의 목 위를 지나가면
그들은 적병의 목을 치는 꿈,
성벽, 매복, 스페인 명검,
큰 술잔으로 건배하는 꿈을 꾸다가, 갑자기 85
북소리가 들려오고, 그 소리에 놀라 잠에서 깨어
놀라서 한두 마디 기도를 드리곤
다시 잠들지. 밤중에 말의 갈기를 따놓고
더럽고 단정치 못한 머릿단을 헝클어 놓는 것도
다 맵 여왕의 짓인데 이 헝클어진 머릿단이 90
풀어지는 건 큰 불행의 전조이지.
뿐만 아니라, 여자들이 누워 있으면

이들 배를 눌러 무게를 견디는 걸 처음 가르쳐서
엄청난 무게[33]를 감당하게 만드는 것도 다 이 할망구지.
또 맵 여왕은—

95 **로미오** 그만해, 그만. 머큐쇼, 그만.
허황된 소리 좀 그만해.

머큐쇼 맞아, 꿈은 허황된 거야.
꿈이란 허망한 두뇌가 낳는 자식이며,
헛된 망상에서만 나오는 거야.
그리고 그 망상이란 공기처럼 실체가 희박해서
100 바람보다 더 변덕스러워, 북쪽의
얼어붙은 가슴에 사랑을 호소하다가도
분노가 치밀면 풍향을 바꾸어
비 뿌리는 남쪽으로 향하지.

벤볼리오 네 바람 얘길 듣느라 우리 일을 잊었다.
105 만찬이 다 끝나면 너무 늦어.

로미오 난 너무 이를까 걱정인데. 내 마음은
아직은 별자리에 달려 있는 뭔가 중대한 일이
오늘 밤 연회를 계기로 그 무서운 날들을
시작하여 때 아닌 죽음으로

33 엄청난 무게 : 이건 '배 위의 남자의 무게'와 '배 속의 아이의 무게'라는 두 가지 의미로 해석이 가능하다.

내 가슴속에 갇혀 있는 나의 비참한 삶을 110
끝낼 것 같아 두려워.[34]
하지만 내 인생의 키를 쥐고 계신 분이
항로를 인도해 주시길. 들어가자, 신난 친구들아.

벤볼리오 북을 쳐라.

제5장

그들은 무대로 입장하고, 하인들이 냅킨을 들고 등장

하인 1 폿팬 자식, 치우는 거 안 도와주고 어딜 갔어? 나무 쟁반을 옮기기도 하고! 나무 쟁반을 닦기도 해야 하는데!

하인 2 제대로 접대할 만한 자는 한두 명 뿐인데, 그들도 손을 씻지 않았으니 더러운 접대군. 5

하인 1 접는 의자들도 치우고, 그릇 찬장도 한쪽으로 치워. 큰 접시는 조심해. 이봐, 사탕과자 거기 놔둬. 그리고 내게 호감이 있으면, 문지기더러 수잔 그라인드스톤과 넬을 들여보내라고 전해 줘.—안토니, 폿팬! 10

34 내 마음은 ~ 같아 두려워 : 로미오가 맞이하게 될 비극적 운명에 대한 복선이다. 이 작품에는 이런 복선적 대사들이 많이 등장한다.

하인 3 어이, 여기 있어.

하인 1 니들 주방에서 찾고, 부르고, 찾으러 보내고 난리다.

하인 4 어떻게 여기도 있고, 저기도 있나. 자, 이보게들! 죽
15 으면 다 소용없으니, 살아 있을 때 부지런히 움직이자고.

(하인들 모두 퇴장)

캐퓰럿 부부와 줄리엣, 티볼트, 유모,
많은 손님들, 귀부인들 등장하여 가면 쓴 손님들에 합류

캐퓰럿 어서 오십시오, 신사 여러분, 발가락에 티눈이
안 박힌 이상 숙녀분들께서 여러분과 춤을 출 겁니다.
자 숙녀분들, 춤을 안 추실 분이
계신가요? 얌전을 빼는 숙녀분은
20 아마 발가락에 티눈이 박혔을 겁니다. 내 말이 맞죠?
어서 오십시오, 신사 여러분. 저도 한때는
가면을 쓰고 아름다운 아가씨 귀에다
맘껏 달콤한 말을 속삭였는데,
이젠 다 흘러간 옛이야기죠.
25 신사 여러분, 잘들 오셨습니다. 자 악사들, 연주를 시작하게.
자리를, 자리를 만들어요, 자 아가씨들 춤을 추어요.

(음악이 연주되고 춤을 춘다)

여봐라, 불을 더 밝혀라, 식탁을 접어 치우고.

난로불은 꺼라, 방이 너무 더워지니.

아 이보게들, 예상치 못한 재밌는 팀[35]이 때마침 잘 왔군.

아니, 앉아요, 앉아, 사촌 형님, 30

형님과 난 춤 출 때는 지났으니.

우리가 가면무도회에 마지막으로

참석한 게 얼마나 됐죠?

캐퓰럿 사촌 맹세코 삼십 년은 됐을걸.

캐퓰럿 아니, 형님, 그렇게까지는 안 됐어요, 그렇게까진.

루센시오가 결혼한 지가 성령강림일[36]이 35

아무리 빨리 온다 해도 이십오 년쯤 됐을 걸요.

그때 우리가 가면무도회에 참석했잖아요.

캐퓰럿 사촌 더 됐어, 더 돼. 그의 첫째가 아들인데

걔가 지금 서른 살이야.

캐퓰럿 정말요?

그 앤 이 년 전만 해도 후견인이 있었는데. 40

로미오 저 기사의 손을 돋보이게 해 주고 있는 숙녀분은 누구요?

하인 저도 모르겠습니다, 나리.

로미오 아, 저 여인은 횃불에게 빛나는 법을 가르치네.

---

35 예상치 못한 재밌는 팀 : 가면을 쓴 로미오 일행을 보고 하는 말이다.

36 성령강림일 : 오순절이라고도 한다. 부활절 후 일곱 번째 일요일로 성령이 사도들 위에 강림한 것을 축하하는 축일이다.

에티오피아 여인의 귀에 달린 귀한 보석처럼
45 밤의 뺨에 매달려 있는 듯해. 세상에서 쓰긴 너무
귀하고, 땅에 묻어 두긴 너무 사랑스러운 아름다움이야.
까마귀 무리 속의 눈처럼 하얀 비둘기처럼
친구들 사이에서 돋보이는구나.
춤이 끝나면 그녀가 서 있는 곳을 봐 두었다가
50 그녀의 손을 잡아 이 거친 손에 축복을 받아야겠다.
내 마음이 지금까지 사랑을 했다고? 눈이여, 부정해라.
오늘 밤까지 난 진정한 아름다움을 보지 못했으니.

티볼트 목소리로 보건대 몬태규 집안 놈이다.
이봐, 칼을 가져와라. (시동 퇴장) 저 노예 놈이
55 감히 괴상한 가면을 쓰고 여길 와서
우리 행사를 비웃고 조롱하다니.
우리 가문의 혈통과 명예를 걸고
저런 놈은 때려죽여도 죄가 될 것 없다.

캐퓰럿 아니, 티볼트, 왜 그렇게 씩씩거리고 있느냐?

60 **티볼트** 백부님, 저잔 원수 몬태규 집안 놈입니다.
오늘 밤 행사를 조롱하려고
악의에 차서 온 악당이라구요.

캐퓰럿 로미오란 청년 말이냐?

티볼트 네, 바로 그 못된 로미오 놈이에요.

캐퓰럿 얘야, 진정하고 놔둬라.

저자는 꽤 의젓한 신사처럼 처신하고 있다. 65
그리고 사실 베로나에서 저자는 덕망 있고
행실이 바르다고 자랑으로 삼고 있고.
이 도시의 전 재산을 다 준다 해도 내 집에서
저자에게 무례하게 구는 건 용서할 수 없다.
그러니 참고 모른 척해라. 70
내 뜻이 그러하니 내 말을 존중하거든
인상 쓰지 말고 얌전히 있거라.
그런 표정은 연회에 어울리지 않으니.

티볼트 저런 악당이 손님이라고 와 있을 때는 어울리죠.
저 녀석을 가만두지 않을 거예요.

캐퓰럿 가만두라니까. 75
허 이 녀석 보게! 내버려 두라잖냐! 그만둬,
이 집 주인이 나냐 너냐? 그만두라고.
가만두지 않겠다니! 허, 하나님 맙소사,
손님들이 계시는데 소동을 벌이고
의기양양해져서 으스댈 셈이냐? 80

티볼트 하지만, 이건 수치입니다.

캐퓰럿 글쎄, 그만두라니까.
이런 건방진 놈. 정말 이럴 테냐?
그러다 다친다. 정말이야.
기어이 거역하겠다는 거냐? 이런, 이번에—

85 (하객에게) 좋습니다, 여러분— (티볼트에게) 이 버릇없는 놈, 가서 잠자코 있어, 안 그러면— (하인들에게) 불을 더 밝혀라! 불을 더 밝혀— (티볼트에게) 창피해서 찍소리 못 하게 해 줄 테니.— (하객들에게) 자, 여러분, 즐겁게 노세요!

티볼트 울화통이 터지는데 억지로 참자니,
사지가 떨리는구나.
90 지금은 물러서지만 이 침입으로 지금은
즐겁겠지만 쓰디쓴 맛을 보게 될 거다.

(퇴장)

로미오 하찮은 이 손이 거룩한 성전을
더럽혔다면, 이는 가벼운 죄이니,
수줍은 두 순례자인 저의 입술이
95 부드러운 키스로 거친 손의 자국을 씻고자 합니다.

줄리엣 순례자님, 손을 너무 나무라지 마세요,
이처럼 점잖게 신앙심을 보이고 있는데
성자에게도 순례자 손을 만지기 위한 손이 있으니,
손바닥을 맞대는 것, 거룩한 순례자의 키스죠.

100 **로미오** 성자에게는 입술도 있지 않습니까? 순례자에게도요!

줄리엣 어머, 순례자님, 입술은 기도에 써야지요.

로미오 오, 그럼 성자님, 손이 하는 것을 입술이 대신하게 하고, 손이 기도하게 해 주세요. 신심이 절망으로 바뀌지 않도록.

줄리엣 성자들은 기도는 허락하나 움직이지는 않아요.[37]

로미오 그럼 내가 기도 효험을 받는 동안 움직이지 마세요. 105

(로미오, 줄리엣에게 키스한다)

그대 입술 덕분에 내 입술의 죄가 씻어졌어요.

줄리엣 그럼 제 입술이 그 죄를 짊어졌네요.

로미오 내 입술의 죄를? 오, 얼마나 달콤한 꾸중인가?

내 죄를 다시 돌려주세요. (로미오, 줄리엣에게 키스한다)

줄리엣 키스를 교과서대로 하시네요.

유모 아가씨, 어머님께서 하실 말씀 있으시대요. 110

로미오 아가씨 어머님이 누군데요?

유모 이봐요, 젊은이

아가씨 어머님은 선하고 지혜롭고 덕망 있으신

이 댁 마님이라우.

난 방금 얘기 나누던 그 따님의 유모이고.

내 장담하는데 우리 아가씨를 차지한 사람은 115

복이 넝쿨째 들어오는 거요.

로미오 그녀가 캐퓰럿의 딸이라고?

참 비싼 거래군! 내 목숨을 원수에게 저당 잡히다니.

벤볼리오 그만 가자. 분위기가 절정에 이르렀으니.[38]

---

37 성자들은 기도는 허락하나 움직이지는 않아요 : 줄리엣은 성자들의 동상을 말하는 것이다.

38 분위기가 절정에 이르렀으니 : 각주 21 참조.

로미오 그래, 그게 좋겠어. 더는 마음이 불안해.

120 **캐퓰럿** 아니 신사 여러분, 아직 가지 마십시오.

이제 변변찮은 음식을 내려 하니까요.

(그들이 캐퓰럿의 귀에 속삭인다)

그러신가요? 그렇다면, 모두들 감사합니다.

고맙습니다, 점잖은 신사분들, 안녕히 가십시오.

여기 횃불을 더 밝혀라. 자, 그럼 잠자리에 듭시다.

125 아이고, 정말 늦었군.

이젠 쉬어야겠소.

(캐퓰럿, 캐퓰럿 부인, 손님들, 귀부인들, 가면꾼들 퇴장)

줄리엣 이리 와 봐, 유모. 저기 저 신사분이 누구야?

유모 티베리오 님의 장남이자 상속자세요.

줄리엣 지금 막 문을 나서는 분은?

130 **유모** 글쎄, 페트루키오 도련님 같은데요.

줄리엣 여기 따라와 춤도 안 추던 분은?

유모 모르겠어요.

줄리엣 가서 이름 좀 물어봐. 그분이 기혼자라면

내 무덤이 내 신방이 될 것 같아.

135 **유모** 그의 이름은 로미오고 원수 몬태규 집안의

외아들이래요.

줄리엣 내 하나뿐인 사랑이 내 유일한 증오에서 싹트다니.

모른 채 너무 일찍 만나 버렸고, 알고 보니 너무 늦었구나.

증오하는 원수를 사랑해야 하다니

불길한 사랑의 탄생이구나. 140

유모 그게 무슨 소리예요? 무슨 소리냐구요?

줄리엣 같이 춤춘 분한테서

배운 시야. (안에서 '줄리엣'하고 부르는 소리)

유모 네, 가요!

자 가요, 손님들은 다 갔어요. (모두 퇴장)

제2막

필립 H. 캘더론. 〈줄리엣〉 1888년. 폴저 셰익스피어 라이브러리.

프롤로그

코러스 등장

코러스 옛 욕망[1] 이제 죽음의 침상에 누워 있고
새 사랑이 입 벌려 그 자리를 차지하도다.
그토록 연정에 신음하고 죽음까지 불사하게 했던 그 미인도
다정한 줄리엣과 비하면 이제 아름답지 않도다.
이제 로미오, 사랑 주고 사랑받기도 하며 5
서로의 모습에 똑같이 사로잡히도다.
그러나 로미오, 원수를 사랑하기에 가슴 아파야 하고
줄리엣, 위험한 낚시 바늘에서 달콤한 사랑의 미끼 물도다.
원수이기에 로미오는 가까이 다가가
연인들 하는 사랑의 맹세 하지 못하고 10
줄리엣의 사랑도 못지않으나

1 옛 욕망 : 로잘라인을 향한 사랑을 뜻한다.

사랑하는 새 님 만날 길 다 막히도다.
그러나 정열은 그들이 만날 힘을 주고 시간은 방법 제공하니
지극한 기쁨이 극심한 고통 잠재우도다.

제1장

로미오 혼자 등장

로미오 내 마음 여기 있는데, 어찌 간단 말인가?
우둔한 흙덩이야, 돌아서서 네 마음 향하는 곳을 찾아라.
(물러난다)

벤볼리오, 머큐쇼와 함께 등장

벤볼리오 로미오! 야 사촌 로미오! 로미오!
머큐쇼 그는 똑똑하니까
틀림없이 몰래 빠져나가 잠자리에 들었을 거야.
5 **벤볼리오** 이쪽으로 뛰어와서 이 정원 담을 넘었어.
불러 봐, 머큐쇼.
머큐쇼 아니, 주문도 외워 불러내지.
로미오! 기분파! 미치광이! 열정파! 사랑쟁이!

한숨의 형태로라도 나타날지어다.
내가 안심할 수 있게 한마디만이라도 할지어다.
“여기!”라고 외치든가, ‘사랑’이든 ‘비둘기’든 말할지어다. 10
내 비너스 여신에게 듣기 좋은 말 한마디라도 할지어다.
코페추어 왕의 가슴을 정통으로 쏘아 거지 처녀를
사랑하게 한[2], 여신의 눈먼 아들이자 상속자인
어린 아브라함 큐피드의 별명 하나라도 말해 볼지어다.
이 녀석, 듣지도 않고 옴짝달싹도 안 하네. 15
이 원숭이 놈이 죽었으니 주문으로 불러내야겠군.[3]
로잘라인의 빛나는 눈과
그녀의 널찍한 이마와 붉은 입술과
예쁜 발과 미끈한 다리와 떨리는 허벅지와
그 근처 영지를 걸고 널 부르나니 20
본래 모습으로 나타날지어다.

벤볼리오 로미오가 들으면 화나겠다.

머큐쇼 왜 화가 나? 그 녀석 연인의
동그라미 속에 이상한 정령을 불러다가

---

2 코페추어 왕의 ~ 사랑하게 한 : 여자를 싫어했으나 거지 처녀와 결혼한 아프리카 전설상의 왕으로 그들의 사랑 이야기는 〈코페추어 왕과 거지 처녀〉라는 오래된 발라드에 담겨 있다.

3 이 원숭이~ 주문으로 불러내야겠군 : 죽은 척하고 있다가 주인이 주문 같은 걸 외우면 살아나는 장터 원숭이 쇼를 빗대어 말하는 것이다.

25 그녀가 마법으로 그놈을 쓰러뜨리게

한다면 화가 나겠지.

그건 악의적이지만 내 주문은

점잖고 정직한 거야. 그 녀석 연인의 이름으로

그를 불러내는 것뿐이니까.

30 **벤볼리오** 가자, 로미오는 이 습한 밤과 지내려고

나무들 사이에 숨은 거야.

사랑에 눈이 멀었으니, 어둠이 가장 잘 어울리지.

머큐쇼 사랑에 눈이 멀면 과녁을 맞히지 못할 텐데.

지금쯤 그는 서양모과나무 아래 앉아

35 자기 연인이 서양모과나무 열매[4]였으면 하고 있을 거야.

처녀들은 그 이름을 말할 때면 혼자서 웃지.

오, 로미오, 그녀는, 오, 그녀는, 딱 벌어진

모과 열매고, 너는 길쭉한 서양배라면!

로미오, 잘 자라. 난 내 침대로 갈 테니.

40 이 야외 잠자리는 내겐 너무 추워.

자, 가자.

벤볼리오 그래 가자, 숨으려는 자를

찾아봐야 소용없어. (모두 퇴장)

4 서양모과나무 열매 : open arse라는 단어는 서양모과나무(medlar)의 비속어이다. 이 나무의 열매는 익어 벌어지면 여성 성기의 모양과 비슷하다.

제2장

로미오 앞으로 나온다.

로미오 상처 입어 보지 않은 자가 남의 상처 놀리는 법이지.

줄리엣 2층 무대에 등장

가만, 저 창문에서 비추는 빛은 무얼까?
저곳이 동쪽이니 줄리엣은 태양이구나!
솟아라, 아름다운 태양아, 시기하는 달을 무찔러라.
달의 시녀인 그대가 달보다 훨씬 더 아름다워, 5
달은 이미 슬픔으로 병들어 창백하구나.
시기심 많은 달의 여신의 시녀가 되지 마라.
여신의 옷 병든 녹색이니,
바보가 아닌 이상 누가 그걸 입겠는가. 벗어 버려라.
나의 여인, 오 그대 내 사랑! 10
아, 이 마음 그대 알았으면!
입을 여는데 말은 않는구나. 아무렴 어때?
그녀 눈이 말을 거니 응대를 해야지.
난 너무 뻔뻔하구나. 나한테 말을 건 것도 아닌데.
온 하늘에서 가장 아름다운 별 두 개가 15

용무가 있어, 그녀의 눈에게 돌아올 때까지
대신 반짝여 달라고 간청을 한 거야. 그녀의 눈이
하늘에 있고, 별들이 그녀의 얼굴에 있다면?
그녀의 빛나는 뺨이 대낮의 햇빛 속 등불처럼
20 별들을 무색하게 만들 거야. 밤하늘에 박힌
저 두 눈은 창공에서 찬란히 빛나
새들이 밤이 아니라 생각하여 노래할 거야.[5]
손에 뺨을 고이는 것 좀 봐.
오 내가 저 손에 낀 장갑이라면
저 뺨을 만져 볼 수 있을 텐데.

줄리엣 아아.

25 **로미오** 말을 한다.
오, 빛나는 천사여, 다시 말해 주오,
날개 달린 하늘의 전령이 한가로이
흘러가는 구름에 걸터앉아
하늘 한복판을 항해할 때
30 놀라며 고개 젖혀 바라보는 사람들의
하얗게 치뜬 눈을 내려다보듯이 그대 이 밤에
내 머리 위에서 찬란히 빛나네.

5 가만, 저 ~ 노래할 거야. : 이 독백에서 로미오는 줄리엣을 태양에 비유하고, 별보다 더 빛나는 존재로 찬미한다. 이런 대사는 모두 앞에서도 언급한 페트라르카 식 표현법으로 사랑하는 여성에 대한 이상화이다.

줄리엣 아 로미오, 로미오, 왜 당신은 로미오인가요?
아버지를 부인하고 그 이름을 버리세요.
그럴 수 없다면 날 사랑한다고 맹세만 하세요. 35
그럼 제가 캐퓰럿 성을 버릴게요.[6]

로미오 좀 더 들어 볼까, 아님 답변을 할까?

줄리엣 당신 이름만 제 원수예요.
몬태규가 아니더라도 당신은 당신이니.
몬태규가 뭔데? 그건 손도 발도 40
팔도 얼굴도 사람 몸의 어떤 부분도
아니잖아. 아, 다른 이름이 되어 주세요.
이름 안에 뭐가 있는데? 우리가 장미라고 부르는 것을
다른 이름으로 불러도 여전히 향기로울 거야.
로미오도 그래, 로미오란 이름으로 부르지 않아도 45
그가 지니고 있는 소중한 완벽함은 그대로
갖고 있을 거야. 로미오, 그대 이름을 벗어 버리고
당신의 아무것도 아닌 그 이름 대신에
내 모든 것을 가지세요.

로미오 그대 말대로 할게요.
날 연인이라 불러 주기만 하면 다시 세례를 받을게요. 50

---

6 그럼 제가 캐퓰럿 성을 버릴게요 : 줄리엣은 방금 전 어머니로부터 패리스 백작을 사랑해 보라는 요구를 받았지만 무도회에서 잠시 만난 원수 집안의 아들 로미오에게 마음을 준다. 심지어 그녀는 그를 위해 가문을 버릴 각오도 하고 있다.

이제부터 난 절대로 로미오가 아니에요.

줄리엣 밤의 어둠 속에 숨어 남의 비밀을 엿들은
당신은 누구세요?

로미오 내가 누구라고
어떤 이름으로 그대에게 말해야 할지 모르겠어요.
55 거룩한 성자여, 난 내 이름이 미워요.
그건 당신의 원수니까요.
그 이름을 종이에 썼다면 찢어 버리고 싶어요.

줄리엣 내 귀는 당신이 말하는 걸 백 마디도
듣지 못했지만, 난 그 목소리 알아요.
60 당신은 몬태규 댁의 로미오 님 아니세요?

로미오 둘 다 아니에요, 아름다운 아가씨, 당신이 싫다면.

줄리엣 어떻게 여길 왔어요? 무엇 때문에?
정원 담이 높아서 오르기 어렵고
당신 신분을 생각하면 우리 집 사람들한테
65 들키면 죽음의 장소가 될 텐데.

로미오 사랑의 가벼운 날개로 담을 뛰어넘었어요.
돌담 따위가 어찌 사랑을 막을 수 있겠어요
사랑은 무엇이든 해낼 수 있으니
그대 친척들도 날 막지는 못해요.

70 **줄리엣** 그들은 당신을 보면 죽일 거예요.

로미오 아아, 그들의 칼 스무 자루보다도 그대 눈에

더 큰 위험이 도사리고 있어요. 그대가 다정한 눈길로
봐 주기만 한다면 그들의 적개심은 날 찌르지 못해요.

줄리엣 무슨 일이 있어도 그들이 당신을 봐서는 안 돼요.

로미오 밤의 장막이 날 숨겨 주고 있어요. 75
하지만 그대가 날 사랑하지 않는다면 지금 들키게 하세요.
그대 사랑 못 받은 채 목숨을 부지하며 사느니,
차라리 그들의 증오로 목숨을 잃는 것이 나을 테니.

줄리엣 누구의 안내로 여길 오셨어요?

로미오 사랑이요, 사랑이 먼저 내게 찾으라고 재촉했어요. 80
사랑은 내게 충고를, 난 사랑에게 눈을 빌려 주었어요.[7]
난 선원은 아니지만 당신이 바닷물이 넘실대는
아무리 먼 바닷가에 있다 해도
당신이란 상품을 구하러 모험했을 거예요.

줄리엣 아시다시피 제 얼굴을 밤이 가려 주지 않았다면 85
내 뺨은 부끄러워 빨갛게 물들었을 거예요.
당신이 오늘 밤 내가 한 말을 엿들었으니.
저도 체면을 차리고 싶어서 정말이지 제가 한 말을
부인하고 싶어요. 그러나 체면 따위 안녕.
날 사랑하시나요? '네'라고 대답하시겠죠. 90

7 난 사랑에게 ~ 빌려 주었어요 : 여기서 '사랑'은 흔히 소경으로 묘사되는 사랑의 신 큐피드를 뜻한다.

난 그 말을 믿을 거예요. 그렇지만 당신이 맹세를 하면
당신은 위증을 할 수도 있어요. 조브[8] 신은
연인들의 거짓 맹세에 웃는다고들 해요. 아, 로미오,
나를 진정 사랑한다면, 진심으로 그렇다고 말해 줘요.
95 만약 날 너무 쉽게 얻었다고 생각하신다면
전 인상을 쓰고 고집스레 "안 돼요."라고 말할 거예요.
그럼 사랑을 구걸하시겠지요. 하지만 그리 생각 않으시면
절대 안 그럴 거예요.
몬태규 님, 난 정말 당신을 좋아하나 봐요.
그러니 날 가벼운 여자라고 생각하실지 모르지만
100 절 믿어 주세요, 교활하게 새침데기인 척하는
여자들보다 진실하다는 걸 보여 드릴게요.
사실 나도 모르는 사이에 내 사랑의 진심을
당신이 엿듣지만 않았다면, 나는 누구보다
새침을 뗐을 거예요. 그러니 가벼운 사랑 탓에
105 이처럼 마음을 허락한 거라고 생각지 마세요.
내 사랑이 탄로 난 것은 밤의 어둠 때문이니까.

로미오 아가씨, 이 과일 나무 꼭대기를 온통 은빛으로
물들이는 저 은혜로운 달님을 걸고 맹세하는데—

줄리엣 아, 변덕쟁이 달에 걸고 맹세하지 마세요,

8 조브 : 주피터라고도 하는 로마 신으로 그리스 신화의 제우스에 해당한다.

달은 궤도를 돌며 한 달 내내 그 모습 바꾸니, 110
당신 사랑도 그렇게 변덕스러울까 두려워요.

로미오 그럼 무얼 걸고 맹세할까요?

줄리엣 아무것에도 맹세하지 마세요.
정 하시려거든 훌륭한 당신 자신에 걸고 맹세하세요.
당신은 내가 숭배하는 신이니
당신이라면 믿겠어요.

로미오 만약 내 마음의 소중한 사랑이— 115

줄리엣 아니, 맹세하지 마세요. 당신을 만난 건 기쁘지만,
오늘 밤 이 언약은 달갑지 않네요.
너무나 성급하고, 분별없고, 갑작스러워서,
마치 '번개 치네'라고 말하기도 전에 사라지는
번갯불 같아요. 사랑하는 이여, 안녕히 가세요. 120
이 사랑의 꽃봉오리는 꽃을 만개시키는 여름날의 숨결로
우리가 다시 만날 땐 아름답게 피어 있을 거예요.
안녕, 잘 가요. 제 가슴에 깃든 달콤한 평안과
안식이 그대 가슴에도 깃들기를.

로미오 오 이리 아쉽게 제 곁을 떠나시나요? 125

줄리엣 이 밤에 어떤 만족을 가지실 수 있겠어요?

로미오 제 사랑에 진실한 맹세로 답해 주는 것.

줄리엣 당신이 요청하기도 전에 이미 주었어요.
하지만 다시 돌려받고 싶네요.

130 **로미오** 돌려받고 싶다고요? 왜요, 내 사랑?

줄리엣 솔직히 말하고 다시 드리려고요.

하지만 전 이미 갖고 있는 것을 탐내고 있네요.

아낌없는 내 마음은 바다처럼 무한하고

사랑도 한없이 깊어요. 당신에게 드릴수록

135 더 많아지죠. 둘 다 한이 없으니까요.

안에서 부르는 소리가 들려요. 사랑하는 이여, 안녕.

(유모가 안에서 부른다)

곧 가요, 유모—사랑하는 로미오, 변하지 마세요.

잠시만요, 곧 돌아올게요.

(줄리엣 퇴장)

로미오 아 축복이 가득한 이 밤, 두렵다.

140 지금 밤이니 이 모든 게 꿈일까 봐.

너무 행복에 겨워 사실 같지 않구나.

줄리엣 다시 등장

줄리엣 로미오, 세 마디만 더 하고, 정말 헤어져요.

당신의 사랑이 진심이고,

결혼을 원하시면 내일 사람을 보낼 테니

145 그 편에 회답을 주세요.

어디서 언제 식을 올릴지,

그럼 전 모든 운명을 당신 발밑에 맡기고
이 세상 어디든 내 낭군님으로 따르겠어요.

유모 (안에서) 아가씨.

줄리엣 곧 갈게—당신의 말이 진심이 아니라면, 150
부디—.

유모 (안에서) 아가씨.

줄리엣 곧 간다니까—
애쓰지 마시고 날 슬픔에 잠기게 내버려 두세요.
내일 사람을 보낼게요.

로미오 내 영혼에 맹세코—

줄리엣 천만번 안녕.

(줄리엣 퇴장)

로미오 그대 빛을 잃으니 천만 배 아쉽군. 155
사랑을 만나러 갈 땐 수업 끝난 학생처럼 가지만
사랑과 헤어질 땐 등굣길 학생처럼 우울하게 가네.

줄리엣 다시 등장

줄리엣 쉿! 로미오, 쉿! 아, 매사냥꾼 목소리처럼
이 귀한 매를 다시 불러들였으면!
매여 있는 몸이라 목소릴 낮춰야 하지만 않는다면 160
메아리 요정이 살고 있는 동굴을 깨부수고

그녀의 메아리 소리가 내 목소리보다 쉴 정도로
로미오 님 이름을 부르고 또 부를 텐데.

로미오 내 영혼이 내 이름을 부르는군요.

165 밤에 듣는 연인의 목소리는 은방울처럼 감미롭고
귀 기울여 듣는 내 귀에는 가장 감미로운 음악 같아요.

줄리엣 로미오.

로미오 네, 나의 새여!

줄리엣 내일 몇 시에
사람을 보낼까요?

로미오 아홉 시쯤.

줄리엣 꼭 보낼게요. 그때까지 이십 년 같을 거예요.

170 왜 당신을 다시 불렀는지 잊어버렸어요.

로미오 생각날 때까지 여기 서 있을게요.

줄리엣 잊어버린 채로 있을래요. 계속 거기 서 있게.
당신과 같이 있으면 얼마나 좋은지만 기억하고요.

로미오 그럼 당신이 계속 잊도록 그냥 여기 서 있을게요.

175 여기 말고 다른 집은 다 잊어버리고.

줄리엣 벌써 아침이에요. 보내 드렸어야 하는데
하지만 장난꾸러기의 새보다 멀리 보내진 않을 거예요.
장난꾸러기는 사슬에 묶인 불쌍한 죄수같이
손에서 새를 좀 풀어 주었다가도

180 사랑하는 새가 자유를 얻는 것이 시새워

새의 발에 매인 비단실을 다시 잡아당기죠.

로미오 나도 당신의 새가 되고 싶어요.

줄리엣 내 사랑, 나도요.

하지만 예뻐하다가 죽일지도 몰라요.

안녕, 잘 가요. 이별은 달콤한 슬픔이니

날이 샐 때까지 작별을 할래요. 185

(줄리엣 퇴장)

로미오 그대 눈엔 잠이, 가슴엔 평안이 깃들기를!

내가 그런 달콤한 안식인 잠이고 평안이라면 좋겠구나.

동쪽 구름을 빛줄기가 물들이면서

회색 눈의 아침이 찡그린 밤에 미소 짓는구나.

어둠은 술 취한 얼레같이 티탄[9]의 바퀴가 만든 190

태양 길로부터 비틀거리며 물러가는구나.

이제 내 영혼의 인도자인 수사님의 암자로 가서

도움을 청하고 내가 얻은 행운에 대해서도 말씀드리자.

9 티탄 : 올림포스 신들이 통치하기 전에 세상을 다스리던 거인족으로 천공의 신 우라노스와 대지의 여신 가이아의 후예들이다.

제3장

로렌스 수사, 바구니를 들고 혼자 등장

로렌스 태양이 뜨거운 빛으로
낮을 재촉하고 밤이슬을 말리기 전에
독초와 귀중한 약즙용 꽃으로
이 버들가지 바구니를 가득 채워야지.
5 자연의 어머니인 대지는 자연의 무덤이기도 하고
만물을 묻는 무덤이자, 만물을 낳는 자궁이기도 하지.
그 자궁에서 태어난 우리 온갖 자식들은
대지의 그 젖가슴에서 젖을 빨지.
많은 약초가 여러 효능을 지니고 있고
10 아무 약효 없는 것 없으며, 효험도 다 다르지.
아, 식물, 약초, 돌 등이 그 본성에
신기한 효험이 들어 있어
지상에 존재하는 아무리 나쁜 것도
뭔가 세상에 특별한 이로움 주지 않는 것 없고,
15 또 좋은 것도 제대로 쓰지 않으면
본성에 어긋나게 오용되지.
미덕도 잘못 쓰면 악덕이 되고,
악덕도 행동에 따라 위대한 것이 될 수 있지.

로미오 등장

이 연약한 꽃의 꽃망울에는
독도 있고, 약효도 들어 있어 20
이것의 냄새를 맡으면 온몸에 활기를 주지만,
먹으면 심장과 함께 온 감각이 마비되지.
약초뿐만 아니라 인간에게도
선과 악이라는 상극의 두 왕이 다투고 있어
둘 중 악한 쪽이 우세하면 25
죽음의 벌레가 그 풀을 다 갉아 먹지.

로미오 안녕하세요, 수사님.

로렌스 그대에게 축복이.
이른 아침에 누가 이렇게 다정하게 인사하는가?
얘야, 이리 일찍 잠자리에 작별을 고한 걸 보니
무슨 고민이 있나 보구나. 30
근심이 있으면 잠이 오지 않는 법이라
노인들의 눈은 근심이 많아 깨어 있지만
고민도 없고 상처도 없는 젊은이는
침대에 몸을 눕히자마자 황금 같은 잠에 빠지지.
그런데 이렇게 일찍 일어난 걸 보니 35
필경 걱정이 있어 깼을 것이다.
그렇지 않다면, 아, 알겠다.

우리 로미오가 어젯밤 잠자리에 들지 않았구나.

로미오 후자입니다. 잠보다 달콤한 휴식을 얻었거든요.

40 **로렌스** 하느님, 용서하소서. 로잘라인과 같이 있었냐?

로미오 로잘라인하고요! 수사님, 아니에요.

전 그 이름도, 그 이름이 주던 고통도 잊었어요.

로렌스 잘 됐구나. 그럼 어디 있었는데?

로미오 다시 물으시기 전에 말씀드릴게요.

45 원수 집 연회에 갔다가

갑자기 한 사람한테서 상처를 입었고

상대에게도 상처를 입혔습니다. 저희 두 사람의 상처는

수사님의 도움과 성스러운 의술로 치료할 수 있습니다.

보세요, 수사님, 저의 간청은 저의 원수에게도

50 도움이 되니 제게 적의는 없습니다.

로렌스 얘야, 간단하고 쉽게 말해 봐라.

아리송하게 고백하면 아리송한 용서밖에 받지 못하니.

로미오 그럼 부유한 캐퓰럿 댁의 아름다운 따님을

제 마음의 연인으로 삼았다고만 알고 계세요.

55 그녀도 저를 연인으로 삼았고요.

모든 것이 합의되었으니, 수사님이 성스러운 결혼으로

맺어 주시기만 하면 됩니다. 저희가 언제 어디서 어떻게

만나, 사랑을 고백하고, 사랑의 맹세를 나눴는지는

가면서 말씀드릴게요. 부디

저희가 오늘 결혼하는 것을 승낙해 주세요. 60

로렌스 세상에 이럴 수가, 이 무슨 변덕이람!

그토록 사랑하던 로잘라인을

그리 빨리 버리다니? 정녕 젊은이들의 사랑은

마음속에 있지 않고 눈 속에 있구나.

세상에! 로잘라인 때문에 얼마나 많은 65

눈물로 네 핼쑥한 뺨을 적셨느냐.

사랑에 간을 치려고 그렇게 많은

소금물[10]을 흘렸는데, 간도 배지 않았구나.

태양은 아직 네 한숨을 하늘에서 걷어 내지 못했고

네 신음 소리는 이 늙은 귀에 아직도 울리고 있는데. 70

보아라, 여기 네 뺨에 아직도 씻기지 않은

옛 눈물 자국이 남아 있잖냐.

네가 정말 로미오고, 그 슬픔이 네 것이었다면

너와 네 고민은 모두 로잘라인 때문이었는데

변했다고? 그럼 이 글귀를 따라 읽어 봐라. 75

남자가 줏대가 없으면 여자는 쓰러진다.[11]

로미오 로잘라인을 사랑한다고 절 자주 꾸짖으셨잖아요.

로렌스 이것아, 사랑한다고 그랬냐, 사랑에 미쳐서 그랬지.

10 소금물 : 눈물을 뜻하는 것이다.

11 남자가 줏대가 없으면 여자는 쓰러진다 : 남자가 믿을 만하지 않으면 여자가 정절을 지킬 수 없다는 옛말이다.

로미오 사랑을 묻어 버리라고 하셨잖아요.

로렌스 무덤 속에 하나를 묻고

80 다른 걸 꺼내라고는 안 했지.

로미오 제발 절 꾸짖지 마세요. 제 새 연인은

정에는 정을, 사랑에는 사랑을 주어요.

로잘라인은 그러지 않았어요.

로렌스 오 로잘라인이 보긴 잘 봤구나.

네 사랑은 진정이 아니고 겉치레뿐이라는 걸.

85 아무튼 가자, 이 변덕쟁이야, 같이 가자.

한 가지 점 때문에 널 돕겠다.

이 결합이 잘만 되면, 양가의 원한을

순수한 사랑으로 바꿔 줄지도 모르니.

로미오 네, 가요. 갑자기 바빠졌어요.

90 **로렌스** 지혜롭게 천천히. 빨리 달리면 넘어진다.

(모두 퇴장)

제4장

벤볼리오와 머큐쇼 등장

머큐쇼 이 못된 로미오 놈 어딜 갔을까? 어젯밤

집에 안 들어온 거야?

벤볼리오 아버지 집에는 안 왔대. 하인에게 물어봤거든.

머큐쇼 젠장, 그 허여멀건 얼굴의 매정한 로잘라인 년 때문에 로미오가 정말 미치겠어. 5

벤볼리오 캐퓰럿 영감의 조카인 티볼트가 로미오 아버님 댁에 편지를 보내왔어.

머큐쇼 틀림없이 도전장이겠지.

벤볼리오 로미오가 응대해야 할 거야.

머큐쇼 까막눈이 아니면 답장이야 쓸 수 있겠지. 10

벤볼리오 그게 아니라, 도전을 받았으니 그의 도전에 응해야 할 거라고.

머큐쇼 아, 가엾은 로미오, 그는 허여멀건 상판대기 계집애의 검은 눈에 찔리고, 귀는 사랑의 노래로 찔리고, 심장은 눈먼 활잡이 큐피드의 연습용 화살로 쪼개져, 벌써 죽은 15 거나 다름없는데 어떻게 티볼트를 상대하지?

벤볼리오 왜, 티볼트가 뭔데?

머큐쇼 옛 얘기에 나오는 티볼트란 이름의 고양이 왕자보다 한 수 위지.[12] 아, 그는 결투의 격식에 있어서 따를 자가 20 없고, 악보에 맞춰 노래 부르듯 박자, 거리, 리듬 등을 맞

---

12 옛 얘기에 ~ 한 수 위지 : 티볼트(Tybalt)와 비슷한 티버트(Tybert)가 『여우 레이나드 *Reynard the Fox*』라는 책에 나오는 고양이 왕자의 이름이다(Arden 142쪽 각주 참조).

춰 싸우지. 하나, 둘 하고 반 박자 쉬고, 셋에 상대방의 가
슴을 찔러 실크 단추를 떨어뜨리지. 결투의 첫째 이유, 둘
25 째 이유[13]를 따지는 검술가 중의 최고 검술가지! 아, 신기
에 가까운 앞 찌르기, 뒤 찌르기 그리고 명중!

벤볼리오 뭐?

머큐쇼 그렇게 케케묵은 혀 짧은 위선적인 헛소리만 하고 새
30 로운 낯선 말이나 지껄이는 염병할 놈, 정말 끝내주는 칼
잡이에, 키는 훤칠하고, 기똥찬 개자식! 이봐, 멋이나 부리
고, 새로운 유행을 따르느라 구식 의자에는 편히 앉지 못
해 연실 '죄송하다'고 외치는 이상한 똥파리 같은 놈에게
35 우리가 이렇게 볶이다니 참 통탄할 일 아닌가, 이 뼈가 썩
어 문드러질 놈![14]

로미오 등장

벤볼리오 저기 로미오가 온다, 저기!

머큐쇼 속 다 파낸 마른 정어리 같군. 아, 육지 동물이 어찌

13 첫째 이유, 둘째 이유 : 윌리엄 세가 경(Sir William Segar)이 쓴 『명예와 무기에 관한 책 *The Book of Honor and Armes*』(1590)에서 신사들이 결투를 하는 두 가지 이유를 첫째는 죽음을 맞이할 만큼 중한 범죄를 저지른 자를 처벌하기 위해서이고, 둘째는 명예가 걸렸을 때라고 적고 있다(Arden 143쪽 각주 참조).

14 이 뼈가~놈 : 성병에 걸려 겪는 질환 중 하나이다.

물고기 꼴이 되었냐. 이제 저 녀석도 페트라르카가 써 내려간 사랑의 시를 짓겠군. 페트라르카의 여인 라우라도 로미오의 여인에 비하면 부엌데기지. 그녀를 아름다운 시로 만들어 준 더 훌륭한 애인이 있었지만.[15] 디도[16]는 단정치 못한 여자요, 클레오파트라[17]는 집시고, 헬레네[18]와 헤로[19]는 하찮은 매춘부요, 티스비[20]는 회색 눈을 가졌다나 뭐래나 하니 언급할 필요도 없지. 봉쥬르, 시뇨르 로미오. 네 바지가 프랑스식이니 인사도 프랑스식으로. 어젯밤엔 우릴 완전히 속였겠다.

40

45

15 이제 저 ~ 애인이 있었지만 : 페트라르카는 이탈리아 사랑의 시 소네트의 대가로 그는 평생 사모한 라우라에 대한 사랑을 『칸초니에레』라는 소네트 집에 남겼다.

16 디도 : 아프리카 북부 해안에 있는 도시인 카르타고를 건설한 전설적 여왕이다. 카르타고 건설에 도움을 준 아에네아스와 사랑에 빠졌으나 아에네아스는 신들의 재촉으로 로마를 건설하러 카르타고를 떠난다. 그녀는 사랑의 배신에 절망하여 자살한다.

17 클레오파트라 : 로마 장수 카이사르, 안토니우스와 사랑을 나눴던 이집트 여왕이다.

18 헬레네 : 그리스 신화에 등장하는 절세 미녀로 스파르타 왕 메넬라오스의 아내였지만 트로이 왕자 패리스와 함께 도주하는 바람에 트로이 전쟁의 원인이 된다.

19 헤로 : 세스토스라는 고대 도시에 있던 아프로디테 신전의 여사제로 바다 건너 아비도스라는 도시의 청년 레안드로스와 사랑을 나눴다. 레안드로스는 매일 밤 해협을 건너와 헤로를 만났는데 폭풍이 심한 어느 날 그녀를 만나러 오다가 바다에 빠져 죽는다. 절망한 헤로도 바다에 투신하여 죽는다.

20 티스비 : 티스비와 피라무스는 오비디우스의 『변신 이야기』에 등장하는 비운의 연인이다. 부모의 반대로 사랑의 난관에 부딪힌 두 사람은 한밤중 비밀리에 만나기로 약속했는데 먼저 도착한 티스비가 사자를 보고 무서워 동굴로 뛰어가 숨는다. 그때 티스비가 떨구고 간 너울을 사자가 피 묻은 입으로 찢어 놓고 가는데 피라무스가 이 너울을 보고 티스비의 상황을 오해하여 절망한 나머지 자결한다. 나중에 약속 장소에 다시 온 티스비도 피라무스가 죽은 걸 보고 자결한다. 이들은 비운의 연인의 대명사가 되었고, 『로미오와 줄리엣』 이야기의 원형으로 여겨진다.

로미오 둘 다 안녕? 내가 대체 뭘 속였다는 거야?

50 머큐쇼 몰래 도망갔잖아. 몰래. 모르셨어?

로미오 미안해, 머큐쇼. 중요한 일이 있어서. 나 같은 처지면 아무도 예의를 차리지 못할 거야.

머큐쇼 너 같은 경우면 절하기 어렵다는 말을 더 많이 하

55 지.[21]

로미오 예의를 차리기 어렵다고.

머큐쇼 바로 맞혔어.

로미오 아주 예의 바른 설명이지.

머큐쇼 아니, 나야말로 예절의 꽃이지.

60 로미오 꽃 하면 핑크인데.

머큐쇼 맞아.

로미오 그럼 내 구두도 멋진 꽃이군.

머큐쇼 진짜 재치 있군. 자, 그럼, 네 신발 밑창이 닳아 없어

65 질 때까지 내 농담을 따라와 봐. 신발 밑창은 다 닳아 없어 지고 농담만 남을 테니.

로미오 오, 농담만 남는다, 한심함에 있어서 유일무이지.

머큐쇼 도와줘, 벤볼리오. 내 기지가 기진맥진하고 있어.

70 로미오 채찍과 박차를 써, 채찍과 박차를. 아니면 '로미오

21 너 같은 ~ 많이 하지 : 이건 성적 은유를 포함한 이중의 의미이다. 예의를 차리기 힘들다는 뜻과 성행위로 인한 병 때문에 절을 하기가 어렵다는 뜻이다.

승!'이라고 외친다.

머큐쇼 아니, 이 농담 따먹기 놀이엔 손들었다. 내 오감보다 네 머리 하나에 더 많은 농담이 들어 있으니. 그래도 바보 놀음엔 내가 네 맞수 아니냐? 75

로미오 바보 놀음 아니면 나랑 같이 논 적이 없지.

머큐쇼 그런 농담을 하다니 귀를 깨물어 버린다.

로미오 아이고, 바보 나리, 제발 참으세요.

머큐쇼 네 재치는 톡 쏘면서도 달콤해서 아주 자극적인 양념이야. 80

로미오 그러니 달콤한 거위 요리[22]엔 딱이지.

머큐쇼 아, 재담이 그냥 가죽끈처럼 마구 늘어나는구나.

로미오 그야말로 내 재치를 쭉쭉 늘려서 너를 동네방네 멍청이로 만들어 주마. 85

머큐쇼 어때, 이게 사랑 때문에 신음하는 것보다 낫지 않냐? 이제야 사교적인 로미오답구나, 이제야 천성으로 보나 말재주로 보나 로미오다워. 시간만 낭비하는 사랑은 자기 지팡이를 구멍 속에 숨기려고 혀를 빼고 달리는 바보 멍청이 짓이야.[23] 90

22 달콤한 거위 요리 : 셰익스피어는 이 장면에서 'goose'를 '바보'와 '거위'라는 이중의 뜻으로 반복 사용하며 말장난을 하고 있다.

23 시간만 낭비하는 ~ 멍청이 짓이야 : 역시 이중의 의미이다. 겉으로 드러난 뜻 말고 여자 성기에 남자 성기를 넣으려 애쓴다는 성적 의미를 함축하고 있다.

벤볼리오 그만 좀 해라, 그만.

95 **머큐쇼** 이제 본격적으로 들어가는 판에 얘기를 막냐?

벤볼리오 내버려 두었다간 끝도 없겠다.

머큐쇼 하하, 잘못 봤어. 짧게 끝낼 참이었어. 사실 내 얘기가 바닥나서 더 이상 밀고 갈 밑천이 없거든.

100 **로미오** 이거 물건이네.[24]

유모가 하인 피터를 데리고 등장

배가 온다! 배가!

머큐쇼 두 척인데, 두 척. 치마 하나, 바지 하나.

유모 피터.

피터 네.

105 **유모** 부채 다오.

머큐쇼 이봐 피터, 얼굴을 가리려는 거야. 부채가 저 얼굴보다 낫잖아.

유모 나리들, 좋은 아침이에요.

머큐쇼 아리따운 마나님, 좋은 점심이에요.

110 **유모** 벌써 그렇게 됐나?

---

24 이거 물건이네 : 머큐쇼에 대한 말일 수도 있고, 유모와 피터가 오는 모습을 보고 한 말일 수도 있다.

머큐쇼 그럼요. 음탕한 해시계 바늘이 정확히 정오를 찌르고 있잖아요.

유모 어머, 이봐요! 무슨 사람이 이래?

로미오 부인, 이자는 하나님이 자신을 파멸시키라고 만든 사람이에요. 115

유모 정말 말 잘 했수. '제 자신을 파멸시킨다?' 나리들, 젊은 로미오 님을 어디 가면 뵐 수 있을지 아시는 분 없수?

로미오 내가 가르쳐 줄 수 있지만 로미오를 만날 때쯤엔 부인이 찾아 나섰을 때처럼 젊지 않을 거요, 그 이름 가진 120 사람으로는 내가 제일 젊죠, 나보다 덜한 자가 없으니.

유모 말씀 잘 하시네.

머큐쇼 아니, 덜한 자가 없다는데, 말을 잘 하다니? 정말 이해력이 좋으시네, 똑똑한데, 똑똑해. 125

유모 댁이 로미오 님이시라면 긴히 할 얘기가 있어요.

벤볼리오 로미오를 만찬에 초대하려나 봐.

머큐쇼 뚜쟁이다! 뚜쟁이! 뚜쟁이라니까! 허어!

로미오 어떻게 알아?

머큐쇼 토끼는 아니잖아. 사용하기 전부터 한물가서 쉰 사순 130 절 파이의 토끼라면 모르지만.

(머큐쇼, 그들 곁을 걸으며 노래한다)

쉰내 나는 늙은 토끼

쉰내 나는 늙은 토끼
사순절에나 알맞는 고기.
135 *그러나 쉰내 나는 토끼에*
누가 한 푼이라도 쓰랴
쓰기도 전에 쉬어 버렸으니.

로미오, 아버님 댁에 갈 거니? 거기서 저녁 먹게.

140 **로미오** 뒤따라갈게.

머큐쇼 안녕, 늙다리 아가씨, 안녕, 아가씨, 아가씨, 아가씨.

(머큐쇼와 벤볼리오 퇴장)

유모 어쩜 사람이 저리 무례할까, 고약한 소리만 해 대고.

로미오 유모, 저 친구는 자기가 지껄이는 걸 듣기 좋아하고,
145 한 달이 걸려서 한 일을 일 분이면 다 지껄일 사람이오.

유모 내 욕만 해 봐라, 혼쭐을 내줄 테니. 저자가 보기보다 힘이 세다고 해도 그런 작자 스무 명 와도 문제없어. 내가 못 하면 해낼 사람들을 찾지 뭐. 망할 놈! 이래 봬도 난 지
150 놈 노리갯감이 아니라구. 내가 뭐 지 친구야? (피터를 돌아본다) 그런데 저 인간이 날 갖고 노는데 넌 왜 가만히 서 있기만 하냐?

피터 누가 유모를 갖고 놀았는데요. 만일 그랬다면, 제가 벌
155 써 칼을 뽑았죠. 싸울 구실이 있고, 법이 우리 편이면 나도 남들만큼 빨리 칼을 뽑는다고요.

유모 정말 얼마나 화가 치미는지 사지가 다 떨린다. 망할 자식. 그건 그렇고 도련님, 한 말씀 드릴게요.—아까도 말씀 드렸지만 우리 아가씨가 도련님을 찾아가 보라고 했어요. 160
아가씨 말씀은 나만 알고 있을 거예요. 하지만 먼저 도련님께 말할 게 있어요. 도련님이 우리 아가씨를 꾀어서 헛된 행복을 꿈꾸게 한다면 세상 말마따나 정말 천하의 몹쓸 짓이에요. 우리 아가씬 아직 어리거든요. 그러니 도련님이 165
그런 아가씨에게 사기를 친다면 그건 어느 여자에게도 해서는 안 될 아주 못된 짓이고 아주 경멸받을 짓이라 이 말이에요.

로미오 유모, 아가씨에게 내 말 전해 줘요. 유모 앞에서 맹세하지만—

유모 예, 그럼요, 꼭 그렇게 전하지요. 아, 정말이지 나리, 170
우리 아가씨가 얼마나 기뻐할까.

로미오 유모, 아가씨에게 뭐라고 전할 건데? 내 말 아직 듣지도 않았잖아.

유모 그야 도련님께서 맹세하시더라고 전하죠. 그건 신사다운 제안이라 생각해요. 175

로미오 아가씨에게 어떻게 해서든지
오늘 오후에 고해 성사 하러 가라고 전해 줘요.
그럼 로렌스 수사님의 암자에서 고해 성사를 하고
혼례를 올릴 거예요, 자, 여기 수고비.

180 **유모** 아니, 정말 한 푼도 못 받아요.

로미오 자, 어서, 받아둬요.

유모 오늘 오후 말씀이죠? 에, 꼭 그리 가시도록 할게요.

로미오 그리고 유모는 수도원 담 뒤에서 기다려 줘요.

한 시간 안에 내 하인이 계단처럼 만든

185 사다리 줄을 가지고 유모에게 갈 거예요.

은밀한 밤중에 날 환희의 절정으로

올려다 줄 밧줄 말이에요.

그럼 잘 가고 잘 부탁해요. 수고에는 보답할게요.

잘 가요. 아가씨께 안부 전해 주고.

190 **유모** 하나님의 축복이 있으시길. 아, 잠깐만요.

로미오 왜요, 유모?

유모 도련님 하인은 입이 무거워요? 왜 이런 말 못 들어 봤어요? '둘 중 한 사람을 제거해야 비밀은 지켜진다.'

로미오 걱정 마요, 내 하인은 강철같이 입이 무거우니까.

195 **유모** 그럼 됐어요. 우리 아가씬 정말 상냥해요. 도련님! 잘도 재잘대던 어렸을 때는—아, 이 도시의 패리스라는 귀족 양반이 아가씨를 차지하고 싶어 난리예요. 하지만 우리 아가씬 그 사람 보기를 정말 두꺼비 보듯 하지 뭐예요. 내가 가끔 아가씨 노여움을 사면서 패리스 백작이 더 낫다고 말하죠. 내가 그리 말만 하면 우리 아가씬 정말 흰 천 조각처럼 창백해져요. 그런데 로즈메리와 로미오는 같은 글자로 시

작되지 않나요?

로미오 그래요, 유모. 그건 왜요? 둘 다 알(R)자로 시작해요.

유모 아이, 농담도 잘 하셔! 그건 개 이름이고요. 알(R)은— 205
아니구나, 그건 다른 글자로 시작하는 거 나도 알아요. 암튼 우리 아가씨는 도련님 이름과 로즈메리로 정말 예쁜 시구를 지었어요.[25] 도련님이 들으면 참 좋아하실 거예요.

로미오 아가씨께 안부 전해 줘요. (로미오 퇴장)

유모 네, 천번만번 전해 드리죠. 피터! 210

피터 네.

유모 앞장서라, 어서 가자. (모두 퇴장)

제5장

줄리엣 등장

줄리엣 유모를 보낼 때 아홉 시였고
반시간 안에 돌아온다고 약속하더니.
어쩜 그분을 못 만났을지도 몰라. 아니 그럴 리 없어.

---

25 암튼 우리 ~ 시구를 지었어요 : Romeo와 rosemary의 두운을 이용하여 시를 지었다는 말이다.

아, 유모는 절름발이야. 사랑의 심부름은
5 낮은 구름 위로 그림자를 몰아가는 햇빛보다
열 배는 더 빠른 생각을 해야 해. 그래서
사랑의 여신의 수레는 빠른 날개 가진 비둘기가 끌고,
바람처럼 빠른 큐피드도 날개를 달고 있는 거야.
지금 해님은 오늘 여정의 중간쯤에 있고
10 아홉 시부터 열두 시까지 세 시간이나
지났는데, 유모는 아직도 오지 않네.
유모가 사랑과 뜨거운 젊은 피를 아직 갖고 있다면
공처럼 움직임이 빨라서
내 말을 나의 사랑하는 님에게 던지고,
15 그의 말을 나에게 던졌을 텐데.
하지만 늙은이들은 죽은 사람 시늉을 해서
다루기 어렵고, 느리고, 둔하고, 납덩이처럼 창백해.

유모와 피터 등장

어머, 유모가 온다. 오, 착한 유모, 그래 뭐래?
그분을 만났어? 저 사람은 내보내.
20 **유모** 피터, 문에서 기다려. (피터 퇴장)
줄리엣 자, 착하고 친절한 유모—대체 왜 그렇게 슬퍼 보여?
나쁜 소식이라도 기쁘게 전해 줘.

좋은 소식인데 그렇게 시큰둥한 얼굴로 말한다면
음악처럼 달콤한 소식을 욕보이는 거야.

유모 아이고, 피곤해. 숨 좀 돌리구요. 25
젠장, 뼈마디는 왜 이리 쑤신담. 어찌나 돌아다녔는지!

줄리엣 내 뼈는 유모가 갖고 소식은 내가 가졌으면 좋겠다.
제발 어서 말해 줘, 너무 너무 착한 유모, 어서.

유모 원, 서두르긴, 잠시도 못 기다려요?
숨차하는 거 안 보여요? 30

줄리엣 숨이 차면 숨이 차다는
말은 어떻게 해?
이렇게 시간 끌면서 변명하는 시간이면
벌써 소식 다 전했겠다.
좋은 소식이야, 나쁜 소식이야? 그것만 말해 줘. 35
둘 중 어느 건지 말해 줘, 자세한 건 나중에 들을게.
답답해 죽겠네. 좋은 소식이야 나쁜 소식이야?

유모 아이구, 사람을 바보같이 골랐어요. 아가씬 남자를 고를 줄 몰라. 로미오라고요? 아니, 그 사람은 아냐. 얼굴은 40 다른 사람보다 잘났고, 다리는 그 어떤 남자보다 미끈하고, 손, 발, 몸매는 말할 가치도 없지만 그 누구와도 비교가 안 돼. 예의범절의 꽃은 아니지만, 내 장담컨대 양같이 점잖아요. 어서 가요, 아가씨, 하나님께 기도드리러. 참, 점 45 심 식사는 했어요?

줄리엣 아니, 안 먹었어. 지금 얘긴 다 알고 있는 거야.
결혼에 대해서는 뭐라고 했는데? 응?
유모 아이고, 머리야. 머리가 왜 이리 아프담!
50 스무 조각으로 깨지는 것같이 아프네.
반대쪽 등도—아이고, 내 등이야, 내 등!
이 늙은 걸 죽을 둥 살 둥 여기저기 쏘다니게
심부름을 보내다니, 매정도 하시지,
줄리엣 그렇게 몸이 아프다니, 정말 미안해.
55 너무너무 다정한 유모, 말해 봐, 그이가 뭐라고 했어?
유모 그분은 정직한 양반처럼 말하더군요.
예절 바르고 친절하고 잘생겼고, 게다가
분명 덕도 있고—근데 어머님은 어디 계세요?
줄리엣 어머니가 어디 계시냐고? 그야 집에 계시지.
60 어머니가 어디 계시겠어? 참 별난 대답이네.
'그분은 정직한 양반처럼 말하더군요.
"근데 어머님은 어디 계세요?"'
유모 오, 세상에
그렇게 화를 내다니? 내 참, 기가 차서.
내 쑤시는 뼈마디에 대한 보답이 그래 이거예요?
65 앞으로 전할 말 있으면 아가씨가 직접 전해요.
줄리엣 그래, 고생 많았어. 얼른, 로미오 님이 뭐랬어?
유모 오늘 고해 성사 간다고 승낙 받았어요?

줄리엣 응.

유모 그럼 어서 로렌스 수사님 암자로 가세요.

거기서 신랑이 아가씨를 신부로 맞으려고 기다려요. 70

이제야 저 뺨에 핏기가 도는군.

아가씨 뺨은 어떤 얘기를 들어도 금세 새빨개져.

빨리 성당으로 가 봐요. 난 다른 길로 가서

줄사다리를 가져와야 해요. 어두워지면 도련님이

그 사다리를 타고 원앙새 보금자리에 드셔야 하니. 75

난 아가씨를 즐겁게 해 주려고 끙끙거리며 이 고생 하지만

오늘 밤 아가씬 무거운 짐을 져야 할 거예요.

어서 가요. 난 점심 좀 먹어야겠어요. 어서 암자로 가세요.

줄리엣 소중한 행운을 향해 어서 가자! 정직한 유모, 안녕.

(모두 퇴장)

제6장

로렌스 수사와 로미오 등장

로렌스 하늘이 이 거룩한 예식에 미소 지어 주시고

훗날 슬픔으로 저희들을 책망하지 마시길!

로미오 아멘, 아멘! 하지만 어떤 슬픔이 닥치더라도,

그녀를 보는 한순간이 주는 기쁨을
5 능가하진 못해요.
신성한 서약으로 저희들 손만 맺어 주시면
사랑을 잡아먹는 죽음이 무슨 짓이라도 하라고 하세요.
그녀를 내 사람이라고 부를 수만 있으면 되니.

로렌스 이리 격렬한 기쁨엔 격렬한 종말이 따르고
10 불티와 화약이 서로 입을 맞추자마자 폭발하듯이,
쟁취하는 순간 사그라진다. 너무 단 꿀은
그 달콤함 때문에 싫어지고, 단맛은
입맛을 떨어뜨린다. 그러니
사랑은 은근히 해야 오래가는 거야.
15 너무 서두르는 건 너무 느린 것만큼 좋지 않아.

줄리엣 등장

저기 아가씨가 오는군. 오, 저렇게 발걸음이 가벼우면
저 바닥 돌은 영원히 닳지 않겠구나.
사랑하는 사람은 짓궂은 여름 바람에
흔들거리는 거미줄에서도
20 떨어지지 않지. 세상 기쁨은 그렇게 가벼운 거야.

줄리엣 수사님 안녕하세요?

로렌스 로미오가 우리 두 사람 몫의 감사 인사를 할 거요.

줄리엣 저도 그럴게요. 아니면 그의 인사가 너무 과분해요.

로미오 아, 줄리엣. 그대 기쁨이
나의 기쁨만큼 크고, 그대 재주로 나보다 훌륭하게 25
표현할 수 있다면 부디 그대 숨결로 우릴 둘러싼
이 공기를 향기롭게 해 줘요. 그리고 음악처럼
풍요로운 목소리로 이런 소중한 만남으로
우리 둘이 얻을 행복을 읊어 주세요.

줄리엣 제 마음은 말로 표현할 수 없을 정도여서 30
아름다운 표현보다 그 진심을 자랑해요.
가난한 사람이나 자기 재산을 헤아릴 수 있어요.
하나 저의 진정한 사랑은 너무나 커져서
그 크기의 절반도 헤아릴 수 없어요.

로렌스 자, 같이 가서 서둘러 일을 마치자. 35
성스러운 교회가 두 사람을 하나로 맺어 주기 전에는
한시도 둘만 있게 할 수 없겠다. (모두 퇴장)

제3막

존 로담 스펜서 스탠호프. 〈줄리엣과 유모〉. 1863년. 라파엘 전파 Inc.

제1장

머큐쇼, 벤볼리오 및 하인들 등장

벤볼리오 머큐쇼, 제발 그만 가자.
날은 덥고 캐퓰럿가 놈들이 쫙 깔렸어.
만나면 싸움을 피할 수 없을 거야.
이렇게 더운 날엔 미친 피가 들끓으니까.

머큐쇼 넌 술집에 들어가 탁자 위에 자기 칼을 탁 올려놓고는 "널 쓸 필요가 없기를!"이라고 말하고는 두 잔쯤 마신 뒤 술기운이 돌면, 전혀 그럴 필요가 없는데 술집 급사에게 칼을 뽑는 놈들과 같아. 5

벤볼리오 내가 그런 놈들 같다고? 10

머큐쇼 그래, 넌 화났다 하면 이탈리아의 어떤 인간 못지않게 다혈질이야. 누가 건드리면 바로 성질을 내고, 성질나면 바로 도발하지.

벤볼리오 그래서?

15 **머큐쇼** 만약 그런 인간이 둘 있으면 곧 둘 다 없어질 거야. 서로 죽일 테니까. 너? 넌 말이야, 어떤 사람의 턱수염 털이 너보다 하나 더 많다거나 하나 더 적다는 이유로 싸울 거야. 또 어떤 사람이 견과를 깬다고 싸움을 걸 거야. 네

20 눈이 개암 열매 색깔이라는 이유만으로. 그런 눈 말고 어떤 눈이 그런 시비 거리를 찾아내겠냐? 네 머리는 계란이 흰자 노른자로 꽉 차 있듯이 시빗거리로 꽉 차 있어. 하지만 네 머리는 싸우다가 계란처럼 깨지고 터졌지. 넌 어떤

25 사람이 길거리에서 기침해서 햇볕 쬐며 자고 있는 개를 깨웠다고 싸우고. 어떤 양복장이와는 부활절이 오기 전에 새 양복을 입었다고 싸우고, 또 어떤 사람하고는 새 구두에 낡은 리본을 달았다고 싸우지 않았냐? 그런 게 나한테 싸

30 우지 말라고 가르쳐!

벤볼리오 내가 너처럼 싸워 대면 내 생명의 절대 소유권은 한 시간 십오 분짜리밖에 안 될 거야.

머큐쇼 절대 소유권! 거 소박하긴![1]

티볼트, 페트루치오 및 몇 사람 등장

1 절대 소유권! 거 소박하긴 : 벤볼리오가 절대 소유권(fee simple)이란 단어를 쓰자 머큐쇼가 simple이란 단어를 사용해 받아치고 있다. 이런 말장난을 살리기 위해 '소유권'과 발음이 조금 비슷한 '소박하긴'이란 단어로 번역을 하였다.

벤볼리오 저 봐, 캐퓰럿가 놈들이 오잖아. 35

머큐쇼 까짓, 상관없어.

티볼트 놈들에게 말을 걸 테니 내 뒤를 바짝 따라와.

안녕, 나리들. 한 분과 한마디만 하고 싶은데.

머큐쇼 우리 중 한 사람과 한마디만 하신다? 거기에 좀 보태어 한마디와 한 방으로 하시지. 40

티볼트 기회만 준다면 기꺼이 그렇게 해 드릴 수 있다는 걸 보여 주지.

머큐쇼 주지 않으면 기회를 만들진 못하나?

티볼트 머큐쇼, 넌 로미오와 어울리지—

머큐쇼 어울린다고? 아니, 우릴 무슨 연주단 정도로 아냐?[2] 45

우리를 그렇게 취급해 봐야 불협화음밖에 못 들을걸. 자, 이게 내 악기 활이다. 이게 널 춤추게 만들게다. 뭐, 어울려!

벤볼리오 여기는 사람들이 많은 장소이니

한적한 곳으로 자리를 옮기든지 50

아니면 조용히 불만이 뭔지 말해 봐.

아니면 자리를 뜨든가. 다들 우릴 보고 있어.

머큐쇼 사람 눈은 보라고 있는 건데 보라고 해.

난 누가 뭐래도 꼼짝하지 않을 테니, 절대.

---

2 어울린다고? 아니 ~ 정도로 아냐? : consort란 단어는 '어울리다'라는 동사와 '고음부 악기 연주단'이라는 명사의 의미를 갖고 있다. 티볼트는 전자의 의미로 사용했으나 머큐쇼는 후자의 의미로 받아들여 말장난을 하고 있다.

로미오 등장

55 **티볼트** 어, 여기 내 놈이 오니 자네와는 화해하지.

머큐쇼 그가 네 녀석이라면 내 목을 매겠다.
어디, 결투장에 먼저 가 보시지. 그가 뒤를 따를 테니까.
그래야 그대가 로미오를 '내 녀석'이라고 할 수 있지.[3]

티볼트 로미오, 너란 놈에 대해서는 아무리 좋게 봐줄려야
60 이렇게밖에는 말 못 하겠다. 넌 순 악당이야.

로미오 티볼트, 너를 사랑해야 할 이유가 있어서
그런 인사에 대해 마땅히 보여야 할
분노를 참겠어. 난 악당이 아니야.
그러니 잘 가, 넌 날 몰라.

65 **티볼트** 이 자식이, 그런다고 내게 줬던 모욕을
용서할 줄 아냐? 돌아서서 칼이나 뽑아.

로미오 분명히 말하지만 난 널 모욕한 적 없고
내가 왜 널 사랑하는지 아직 모르겠지만
네가 상상하지 못할 만큼 널 사랑해.
70 그러니 훌륭한 캐퓰럿, 나는 그 이름을
내 이름만큼 소중히 여기니까 진정해.

3 어, 여기 ~ 할 수 있지 : 티볼트는 로미오를 보고 자기가 상대할 자라는 뜻으로 my man이라고 말한다. 이것을 머큐쇼는 '자기 사람, 즉 하인, 졸자'라는 뜻으로 해석하면서 말장난을 하고 있다.

머큐쇼 아니 이렇게 치욕스럽고 비겁하게 조용히
굴복하다니. 단 일격에 끝장내 주마. (칼을 뽑는다)
쥐나 잡는 고양이 같은 티볼트 놈아, 어딜 슬금슬금 가냐?

티볼트 너랑은 볼일 없다니까? 75

머큐쇼 고양잇과 대왕님, 너의 아홉 개 목숨 가운데 하나를
원한다. 일단 그걸 빼앗고 앞으로 날 어떻게 대하는지에
따라 나머지 여덟 개도 요절내 주마. 칼자루를 붙잡고 칼
집에서 칼을 뽑아 보시지? 서둘러, 안 그러면 칼을 뽑기도 80
전에 내 칼이 네 귀를 날릴 테니까.

티볼트 좋다, 상대해 주마. (칼을 뽑는다)

로미오 머큐쇼, 제발 검을 집어넣어.

머큐쇼 자, 어디 찔러 보시지.

(둘이 싸운다)

로미오 벤볼리오, 칼을 뽑아서 저들의 무기를 떨어뜨려. 85
이보게들, 창피하니, 진정들 해.
티볼트, 머큐쇼! 영주님께서 특명으로
베로나 거리에서 싸움을 금하셨어.
멈춰, 티볼트! 야, 머큐쇼!

(티볼트, 로미오의 팔 밑으로 머큐쇼를 찌른다)

일행 티볼트 도망가. 90

(티볼트, 일행과 함께 퇴장)

머큐쇼 나 찔렸어.

너희 두 집안 다 저주나 받아라. 난 끝났어.
그놈은 달아났냐, 멀쩡하게?

벤볼리오 너 다쳤어?

머큐쇼 응 그래, 살짝 찔렸어, 살짝. 근데 괜찮아.
95 내 시동 어디 있지? 이놈아, 가서 의사 불러와.

(시동 퇴장)

로미오 자, 기운 내. 심한 상처는 아닐 거야.

머큐쇼 그래, 우물만큼 깊지도, 교회 문만큼 넓지도 않지만
이걸로도 충분해. 내일 날 찾으면 무덤에 묻혀 있을 거야.
100 장담하는데 난 이 세상과는 끝이야. 너희 두 집안 다 저주
나 받아라! 제기랄, 개, 쥐, 고양이 같은 것들이 사람을 할
퀴어 죽게 만들다니. 교본대로 싸우는 허풍장이, 불한당,
악당 놈에게. 도대체 넌 왜 우리 둘 사이에 끼어들었어?
105 네 팔 밑으로 찔렸잖아.

로미오 난 다 잘하려고 그랬어.

머큐쇼 누구네 집으로든 데려다줘, 벤볼리오,
기절할 것 같아. 두 집안 다 저주나 받아라!
니들이 날 구더기 밥으로 만들었어.
110 난 완전히 끝났어. 두 집안 때문에!

(머큐쇼, 벤볼리오와 함께 퇴장)

로미오 영주의 가까운 친척이자
내 친구인 머큐쇼가 나 때문에 치명상을 입었다.

티볼트의 모욕으로 내 명예도
더럽혀졌고. 한 시간 전에
내 친척이 된 티볼트. 오, 사랑하는 줄리엣, 115
그대의 아름다움 때문에 내가 약해져서
강철같이 용감한 내 기질이 유약해졌어.

벤볼리오 등장

벤볼리오 오, 로미오, 로미오, 용감한 머큐쇼가 죽었어.
여기서 때에 안 맞게 이 세상을 비웃던
용감한 그 영혼이 구름 위로 올라갔어. 120
로미오 오늘의 불길한 운명은 앞날의 화근이 되고
이것은 다른 사람들이 끝내야 할 슬픔의 시작일 뿐이야.

티볼트 등장

벤볼리오 저기 티볼트가 씩씩거리며 다시 온다.
로미오 머큐쇼를 죽여 놓고 의기양양하게 다시 나타나?
배려 깊은 관대함 따위 하늘로 날려 버릴 테다. 125
불같이 이글거리는 눈을 가진 분노가 이제 날 인도하리라!
자 티볼트, 조금 전에 내게 주었던
'악당'이란 말 돌려주마. 머큐쇼의 영혼이

우리 둘의 머리 위에서 떠돌며

130 너와 같이 가려고 기다리고 있으니까

너나 나, 아니면 둘 다 머큐쇼와 같이 가야 해.

티볼트 그와 한 패거리였던 불쌍한 네놈도

같이 보내 주지.

로미오 이 칼이 결정해 줄 것이다.

(둘이서 싸우다가 티볼트가 쓰러진다)

벤볼리오 로미오, 도망쳐, 달아나라고!

135 시민들이 들고일어났고 티볼트는 죽었어!

멍하니 서 있지 말고. 붙잡히면 영주님이 사형을

내릴 거야. 어서 도망쳐, 어서!

로미오 아, 난 운명의 손에 놀아나는 바보가 되었구나.

벤볼리오 뭘 꾸물거리고 있어?

(로미오 퇴장)

시민들 등장

시민 머큐쇼를 죽인 자가 어디로 달아났소?

140 살인자 티볼트는 어디로 달아났소?

벤볼리오 저기 쓰러져 있습니다.

시민 일어나 같이 갑시다.

영주님 이름으로 명령하니 따르시오.

영주, 몬태규, 캐퓰렛, 두 부인 및 일동 등장

영주 이 소동을 일으킨 못된 놈들은 어디 있느냐?

벤볼리오 아, 고귀하신 영주님, 제가 이 비극적인 싸움의

불행한 전말을 다 아뢸 수 있습니다. 145

영주님의 친척인 용감한 머큐쇼를 죽이고

젊은 로미오 손에 살해된 자가 저기 누워 있습니다.

캐퓰럿 부인 내 조카 티볼트가, 우리 오빠의 아들이!

오 영주님, 오 나리, 오 내 소중한 친척이

피를 흘렸습니다. 공정하신 영주님 150

우리 피의 대가로 몬태규네도 피를 흘리게 해 주십시오.

오, 조카야, 조카야.

영주 벤볼리오, 이 혈투를 누가 시작했느냐?

벤볼리오 여기 로미오의 손에 살해된 티볼트입니다.

로미오는 좋은 말로 그에게 이 싸움이 얼마나 하찮은지, 155

그리고 영주님이 얼마나 노여워하실지

생각해 보라고 말했습니다. 이 말들을 부드러운 어조와

차분한 눈길로 겸손하게 허리 굽혀 말했으나

화해의 제안에 귀 막은 티볼트의 사나운 역정을

잠재우지 못해, 날카로운 그의 칼은 160

용감한 머큐쇼의 가슴을 겨눴고

못지않게 화 난 머큐쇼도 똑같이 치명적인 칼끝을 겨누어

무사답게 비웃으면서 한 손으로 차가운 죽음을
막고, 다른 손으로
165 티볼트에게 되받아쳤지만 티볼트는 재빠르게
맞받아쳤습니다. 로미오는 "멈춰, 이보게들, 떨어지라고."
라고 소리 지르면서 혀보다 더 빠르게
그의 날렵한 팔로 그들의 위험한 칼끝을 내리누르면서
둘 사이로 돌진했습니다. 그런데 그의 팔 밑으로
170 악의에 찬 티볼트가 머큐쇼를 찔러 건장한 그의
목숨을 앗아 갔습니다. 그리고 티볼트는 도망갔다가
곧 로미오에게 되돌아왔는데
로미오는 막 복수심에 사로잡혀 있던 터라
두 사람은 번개처럼 맞붙어, 제가 둘을
175 떼어 놓기도 전에 건장한 티볼트는 살해됐고
그가 쓰러지자 로미오는 달아났습니다.
이게 사실이 아니라면 저를 죽여 주십시오.

캐퓰럿 부인 저자는 몬태규 집 사람입니다.
정에 끌려 사실대로 말하지 않고 거짓을 고하고 있습니다.
180 이 음흉한 싸움에서 스무 명 정도가
이 한 목숨을 죽였을 것입니다.
영주님, 정당한 처벌을 청하오니 내려 주십시오.
로미오가 티볼트를 죽였으니 그도 죽어야 합니다.

영주 로미오는 티볼트를 죽였지만 그는 머큐쇼를 죽였소.

머큐쇼의 귀한 피의 대가는 누가 치를 것이오? 185

몬태규 로미오는 아닙니다, 영주님. 그는 머큐쇼의 친구였습니다. 그 애에게 잘못이 있다면 법이 끊었어야 할 티볼트의 목숨을 대신 끊은 것뿐입니다.

영주 바로 그 죄를 물어

나는 이 자리에서 로미오를 추방한다.

그대들의 오랜 불화에 관심을 갖고 있었는데 190

결국 그대들의 불화 때문에 내 혈족이 피를 흘렸다.

나는 엄청난 벌금을 내려 내 혈족의 죽음에 대해

그대들 모두를 후회하게 하겠다.

그 어떤 탄원이나 변명 따위 듣지 않을 것이고

눈물로 애원해도 악행에 대한 처벌을 피하지 못할 테니 195

그런 시도 하지 말라. 로미오는 당장 여길 떠날 것이며

그렇지 않고 발각되면 그게 그의 마지막이 될 것이다.

시체를 치우고 내 처분을 기다려라.

살인자를 용서하는 자비는 살인을 부를 뿐이다.

(모두 퇴장)

제2장

줄리엣 혼자 등장

줄리엣 불의 발을 지닌 말들[4]이여, 질주하라,

태양신 포이부스[5]의 안식처로. 파에톤[6] 같은 마부가

너희를 채찍질하여 서쪽으로 몰아

당장 어두운 밤 불러오면 좋겠다.

5 사랑놀이를 위한 밤이여, 모든 것 가려 주는 장막 드리워라.

훼방꾼들 눈을 가려 아무도 보도 듣지도 않고

로미오 님이 내 품으로 뛰어들 수 있도록.

연인들은 자신들의 아름다움 등불 삼아 사랑 의식을

치를 수 있지. 사랑의 신이 소경이라면

10 밤이랑 가장 잘 어울리지. 온통 검게 차려입은

조신한 부인처럼 엄숙한 밤이여, 오라.

오점 없는 젊은 한 쌍이 벌이는 이 시합에서

이기면서 지는 법을 내게 가르쳐 다오.

그대 검은 망토로 나약한 내 피로 달아오른

15 내 뺨을 가려 다오, 수줍은 사랑이 용감해져

참사랑이 순결을 움직였다 생각하도록.

밤이여, 어서 오라, 밤 가운데 낮인 로미오, 어서 오세요.

---

4 불의 발을 지닌 말들 : 태양신 포이부스의 마차를 끄는 말들을 말한다.

5 포이부스 : 아폴로 신의 다른 이름

6 파에톤 : 태양신 포이부스(헬리오스 또는 아폴로)의 아들로 아버지를 졸라서 태양을 끄는 마차를 몰다가 통제력을 잃어 지구를 태워 버릴 위기에 처하자 제우스가 벼락을 내려 추락시켜 버렸다.

그대는 갈까마귀 등 위에 방금 내린 눈보다 더 희게
밤의 날개 위에 누울 테니까.
부드러운 밤아 오라, 검은 얼굴의 다정한 밤아 오라. 20
로미오 님을 내게 데려다 다오. 그리고 내가 죽으면
그이를 데려다가 조각내어 작은 별로 만들어 다오.
그러면 그는 하늘을 너무나 아름답게 수놓아
세상 사람 모두 밤을 사랑하고
현란한 태양 따위 숭배하지 않으리. 25
아, 난 사랑이란 저택을 샀으나
아직 소유하지 못했고, 난 팔렸으나
아직 즐거움을 제공하지 못했어. 오늘은 지루하기
짝이 없구나. 마치 축제 전날 밤에
새 옷을 받았으나 입지 못해 30
안달하는 아이처럼. 아, 저기 유모가 온다.

줄사다리를 들고 손을 쥐어짜면서 유모 등장

유모가 소식을 전해 줄 거야. 로미오 이름을 말하는 자는
모두 다 천상의 웅변가야.
자, 유모, 무슨 소식이야? 손에 든 건 뭐야?
로미오가 가져가라고 준 밧줄이야?

유모 네, 네, 그 밧줄이에요. 35

줄리엣 그런데 무슨 일이야? 손은 왜 그렇게 쥐어짜?

유모 아이고, 세상에 그가 죽었어요, 죽었어, 죽었다고요.

아가씨, 우린 망했어요, 망했어.

세상에, 그분이 떠났어요, 살해당해 죽었어요.

줄리엣 하늘이 그렇게 질투심이 강해?

40 **유모** 하늘이 아니라

로미오가 그래요. 오, 로미오, 로미오,

누가 그걸 생각이나 했겠어요? 로미오!

줄리엣 날 이렇게 괴롭히다니 유모는 악마야.

이건 무시무시한 지옥에서나 울려 퍼질 고문이야.

45 로미오가 자결했어? '네'라고 대답만 해 봐.

그럼 그 '네'라는 한마디가,

쳐다만 봐도 죽는다는 독사[7]의 눈보다 더 심한 독이 되어,

난 여기 있으나 내가 아닐 테니.[8] 아님

유모가 '네'라고 말하게 만든 그 눈들이 닫히든가.[9]

50 그이가 죽었으면 '네', 아니면 '아니'라고 해.

그 짧은 대답이 내 행복과 불행을 결정할 테니까.

---

7 쳐다만 봐도 죽는 독사 : 유럽의 전설과 신화에 등장하는 상상의 괴물 바실리스크를 말한다. 수탉의 머리에 뱀의 몸을 지녔으며 아주 강력한 독을 지녀서 물지 않고 숨결만으로도 목숨을 앗아간다고 알려져있다.

8 난 여기 ~ 아닐 테니 : 자살을 하겠다는 의미이다.

9 '네'라고 대답만 ~ 눈들이 닫히든가 : 이 부분에서 셰익스피어는 동음이의어 'Ay', 'I', 'eye'를 이용한 말장난을 하고 있다.

유모 상처를 봤어요, 내 두 눈으로 봤다고요

—하나님 맙소사, 그 상처—그분의 늠름한 가슴 위에.

처참한 시신, 피투성이의 처참한 시신

온통 재처럼 창백하고 온통 피범벅이 된, 55

온통 피로 엉긴. 난 그걸 보고 기절했어요.

줄리엣 오, 심장아 터져라, 파산한 내 가슴아 당장 터져라!

눈아 감옥으로 가라, 더 이상 자유를 못 볼 테니.

더러운 흙은 흙으로 돌아가고 이승에서의 움직임 끝내라.

로미오의 슬픈 관 속에 함께 누워라. 60

유모 오, 티볼트, 티볼트, 나의 가장 친한 친구!

오, 예의 바른 티볼트, 정직한 신사,

내가 살아서 당신이 죽는 걸 보다니.

줄리엣 무슨 폭풍이 이렇게 정반대로 부는 거야?

로미오는 살해되고 티볼트도 죽었어? 65

내가 가장 사랑하는 사촌과 그보다 더 사랑하는 내 님이?

그렇다면 무서운 나팔은 종말을 알려라.

그 둘이 다 떠났다면 누가 살겠는가?

유모 티볼트는 죽었고 로미오는 추방됐어요.

티볼트를 죽인 로미오는 추방됐다고요. 70

줄리엣 오, 하나님! 로미오의 손이 티볼트의 피를 흘려?

유모 그래요, 그랬어요. 아이고, 그랬단 말이에요!

줄리엣 오, 꽃 같은 얼굴 뒤에 숨은 독사의 심장.

그렇게 아름다운 동굴에 용[10]이 산 적 있었을까?

75 아름다운 폭군, 천사 같은 악마,

비둘기 깃털을 한 까마귀, 늑대처럼 게걸스러운 양,

가장 신성한 모습을 한 혐오스러운 실체!

겉모습과 정반대인 것!

타락한 성자, 고결한 악당!

80 오, 자연이여, 그대 도대체 지옥에서 무슨 짓을 한 겁니까?

그리도 아름다운 육신을 지닌 필멸의 낙원 속에

악마의 영혼을 불어넣을 때.

그토록 아름답게 장정된 책에 그렇게 추악한 내용이

담긴 책이 있었나? 오, 그렇게 멋진 궁전에

거짓이 머물다니!

85 **유모** 남자들에겐 신뢰도 믿음도

정직도 없어요. 모두가 위증하고

맹세를 저버리고, 아무짝에도 쓸모없는 위선자들이에요.

아, 내 종자는 어딨지? 독한 술 좀 다오.

이 비탄과 슬픔과 회한 때문에 내가 늙어요.

로미오에게 치욕이 내리길.

90 **줄리엣** 그런 기원을 하는 유모 혓바닥이나

부르터라! 로미오는 치욕당할 사람이 아니야.

10 용 : 서양에서는 용이 흉한 동물로 여겨졌다.

그이 이마에는 치욕 따위가 부끄러워 앉지 못해,
그이 이마는 온 세상의 유일한 제왕이라는
명예를 쓸 옥좌야.
오, 그이를 책망하다니 내가 무슨 짐승 같은 짓을 한 거야. 95

유모 사촌을 죽인 사람을 칭송해요?

줄리엣 그럼 내 낭군을 나쁘게 말해야겠어?
아 불쌍한 내 서방님, 결혼한 지 세 시간밖에 안 된 아내가
당신 이름을 능욕했으니 누가 그 이름 좋게 말하리오?
하지만 나쁜 사람, 왜 내 사촌을 죽였어요? 100
그 몹쓸 사촌이 내 남편을 죽이려 했겠지.
어리석은 눈물아, 네 원래 샘으로 돌아가라.
넌 슬픔에 바치는 조공인데
하마터면 기쁜 일에 잘못 바칠 뻔했구나.
티볼트가 살해할 뻔했던 내 남편은 살았고 105
내 남편을 살해할 뻔했던 티볼트는 죽었어.
얼마나 다행이야? 그런데 내가 왜 울어?
티볼트의 죽음보다 더 나쁜 말이 있었는데
그게 날 죽였어. 그걸 잊고 싶지만
오, 죄인 마음에 떠오르는 저주 받은 악행처럼 110
그것이 내 기억을 짓눌러.
티볼트는 죽었고, 로미오는 추방됐다.
'추방', 바로 그 '추방'이라는 한마디에

만 명의 티볼트가 살해됐어. 티볼트의 죽음은
115 그게 끝이었다면 아주 비통할 만한 일이야.
만약 심술궂은 비탄이 뭔가와 동행하는 걸 좋아해서
다른 슬픔과 꼭 함께해야 했다면
'티볼트가 죽었다'는 유모의 말 뒤에
흔하디흔한 슬픈 일로써 왜
120 아버지나 어머니, 아니면 두 분 다 따라 나오지 않고
티볼트의 죽음 뒤에 '로미오는 추방됐다'는
말이 따라 나온 거야? 바로 그 한마디에
아버지, 어머니, 티볼트, 로미오, 줄리엣까지
다 살해당해 죽었어. 로미오는 추방됐다는
125 말이 불러온 죽음엔 끝도 한계도 제한도
경계도 없어. 그보다 더 슬픈 말은 없어.
유모, 아버지와 어머니는 어디 계셔?

유모 티볼트의 시신 위에서 울부짖고 계시죠.
그분들께 가시겠어요? 그리 모셔다 드릴게요.

130 **줄리엣** 눈물로 그의 상처를 씻고 계셔? 그 눈물이 마르면
로미오의 추방 때문에 내가 눈물 흘릴 거야.
그 밧줄 치워. 불쌍한 밧줄아, 넌 속은 거야.
너랑 나 둘 다 속았어, 로미오가 추방되었거든.
너를 내 침실 들어오는 길로 삼으셨지만
135 처녀인 난 처녀 과부로 죽는단다.

유모, 그 밧줄을 줘. 나 초야를 치르려던 침대로 가서
죽음이 로미오 대신 내 처녀성을 갖게 할래.

유모 어서 방으로 들어가요. 로미오 도련님을 찾아
아가씨를 위로해 주라고 할게요. 어디 있는지 알아요.
잘 들어요, 로미오 도련님이 밤에 이리 오실 거예요. 140
그분에게 가 볼게요, 로렌스 수사님 암자에 숨었어요.

줄리엣 오, 그분을 찾아봐, 이 반지를 나의 기사님께
전하고 마지막 작별하러 꼭 오시라고 전해 줘. (모두 퇴장)

제3장

로렌스 수사 등장

로렌스 수사 로미오, 나와 봐라. 이리 나와 봐, 이 겁쟁이야.
고난이 너를 너무 사랑하여
넌 재앙과 결혼한 거야.

로미오 등장

로미오 수사님, 새로운 소식은요? 영주님 판결은 뭐예요?
제가 아직 모르는 어떤 슬픔이 저와 5

악수하길 바라죠?

로렌스 수사 내 어린 양은

그런 비관적인 것들과 너무 친하구나.

영주님 판결 소식을 가져왔다.

로미오 사형 아니면 뭐겠어요?

10 **로렌스 수사** 더 관대한 판결을 내리셨다.

육신의 죽음이 아니라 육신의 추방이다.

로미오 하! 추방이요! 자비롭게 '죽음'이라 하세요.

추방형은 죽음보다 훨씬 더

끔찍해요. '추방'이란 말 마세요.

15 **로렌스 수사** 이곳 베로나 시에서 추방됐지만

이 세상은 크고 넓으니까 참아라.

로미오 베로나 성벽 너머엔 세상이 없어요.

연옥과 고문과 지옥 말고는.

그러니 '추방'이란 이 세상에서의 추방이고

20 세상에서의 추방은 곧 죽음이죠. 그러니 '추방'은

죽음을 잘못 말한 거예요. 죽음을 '추방'이라 부르면서

수사님은 제 머리를 금도끼로 내려치고

절 죽이는 일격에 미소 짓고 계십니다.

로렌스 수사 오, 천하의 몹쓸 죄, 무례한 배은망덕.

25 네 죄는 이 나라 법으로는 사형감인데 자비로운 영주님이

네 편을 들어 법을 밀쳐 버리고

'죽음'이란 무서운 단어를 '추방'으로 바꾸셨다.
이건 엄청난 자비인데 그걸 모르다니.

로미오 자비가 아니라 고문이에요. 줄리엣이 사는
여기가 천국이고, 개, 고양이, 30
어린 생쥐까지, 가치 없는 모든 것이
이 천국에 살면서 그녀를 보건만
로미오만 그러지 못해요. 썩은 고기 먹는 파리들조차도
로미오보다 가치 있고 명예롭고
사랑받으며 살아요. 그것들은 줄리엣의 35
놀라우리만치 흰 손을 만지고 위아래 입술이
서로 맞닿는 것도 죄인 양 순결하고 정결한 태도로
항상 붉게 물드는 그녀의 입술에서
불멸의 축복을 훔칠 수 있는데
로미오만 추방당해 그러지 못해요, 40
파리들은 그럴 수 있는데 전 얼씬도 못 합니다.
그것들은 자유지만 저는 추방됐어요.
그런데도 추방이 죽음이 아니란 말이에요?
'추방' 말고 독약이나, 잘 벼린 칼이나
심술궂지 않게 저를 급사시켜 줄 45
방법 없으세요? '추방'이라고요?
오, 수사님, 울부짖음이 뒤따르는 그 말은
지옥에서나 쓰세요. 무슨 심사로

성직자시고, 고해 성사를 듣고

50 죄를 사해 주시는 분이, 제 편이라고 하시면서

'추방'이란 말로 저를 파괴하세요?

로렌스 수사 이 어리석은 미치광이야, 내 말 좀 들어 봐라.

로미오 오, 또 추방 얘기 하시려고요.

로렌스 수사 그 말로부터 널 보호해 줄 갑옷을 주마,

55 역경의 달콤한 젖인 철학으로

추방당한 너를 위로해 주마.

로미오 아직도 '추방이요?' 철학 따위 필요 없어요!

철학으로 줄리엣을 만들어 내거나

마을을 옮기거나 영주님 판결을 뒤집지 못한다면

60 아무 소용없고 절 설득도 못 하니 그만두세요.

로렌스 수사 오, 미친 자는 아무 말도 안 듣는단 말이 맞구나.

로미오 어떻게 그러겠어요, 현인들도 제대로 못 보는데?

로렌스 수사 네 처지를 함께 논의해 보자.

로미오 수사님이 느끼지 못하는 걸 어떻게 논하겠어요.

65 수사님이 저처럼 젊고, 줄리엣을 사랑하고

결혼한 지 한 시간 만에 티볼트를 살해하고

저처럼 사랑에 빠져 있는데 추방당했다면

수사님도 지금 저처럼 말하고, 머리칼을

쥐어뜯고, 땅바닥에 드러누워 아직 파지 않은

70 무덤 크길 재고 있을 거예요. (문 두드리는 소리)

로렌스 수사 일어나, 누가 문 두드린다. 로미오, 어서 숨어라.

로미오 아니, 상심한 탄식의 입김이 안개처럼

절 못 찾게 감싸 주지 않는 한 숨지 않을 거예요.

(문 두드리는 소리)

로렌스 수사 문 두드리잖아! 누구요?—로미오, 일어나,

그러다 잡혀 간다 —잠깐만요—일어나라니까, 75

(문 두드리는 소리)

내 서재로 가거라. —곧 나가요—이거야 원.

왜 이렇게 어리석어? —갑니다, 가요! (문 두드리는 소리)

누가 이리 심하게 문을 두드리지? 어디서, 무슨 용건으로

왔소?

유모 (안에서) 들여보내 주시면 용건을 말씀드릴게요.

줄리엣 아가씨가 보내서 왔어요.

로렌스 수사 그럼 환영이지. 80

유모 등장

유모 오 존경하는 수사님, 말씀 좀 해 주세요.

우리 아가씨의 서방님, 로미오 도련님은 어디 있어요?

로렌스 수사 제 눈물에 취해 저기 땅바닥에 누워 있소.

유모 오, 아가씨랑 똑같은 모습이네요.

아주 똑같아요. 오, 슬픈 동병상련! 85

가련한 광경이네요. 아가씨도 꼭 저렇게 누워서
울고불고하고 있어요.
일어나세요, 일어나. 사내답게 일어나시라고요.
줄리엣 아가씨를 위해서, 그녀를 위해서 일어나세요.
90 왜 그렇게 깊은 한숨 속에 빠져 있어요?

(로미오 일어선다)

로미오 유모.

유모 네, 도련님, 네, 죽으면 다 끝이에요.

로미오 지금 줄리엣이라고 했어? 줄리엣은 어때?
내가 그녀의 가까운 친척의 피로
갓 태어난 우리 기쁨을 더럽혀서
95 나를 흔히 살인을 하는 사람으로 생각하지 않아?
그녀는 어디 있어? 어떻게 하고 있어? 허사가 되어 버린
우리 사랑에 대해 내 비밀 아내는 뭐라고 해?

유모 아, 아무 얘기 안 하고 마냥 우시기만 해요.
침대에 쓰러졌다 벌떡 일어나서는
100 티볼트를 부르다 로미오를 외치고
다시 쓰러져요.

로미오 마치 그 이름이
정조준 된 총에서 발사되어 그 이름 가진 자의
저주 받은 손이 그녀 친척을 살해했듯
그녀를 살해한 꼴이군. 오, 수사님, 말해 주세요, 제발.

제 몸뚱이의 어느 더러운 부분에 그 이름이 105
머물고 있는지. 그 혐오스런 부분을
부숴 버리게 말해 주세요.

로렌스 수사 그 극단적인 손 멈춰라!
네가 사내냐? 생김새는 사내건만
네 눈물은 여자 같고 네 거친 행동은
비이성적 광기를 지닌 짐승 같구나. 110
사내처럼 보이나 꼴사나운 여자이고
인간인 것 같은데 비정상적인 짐승이니
정말 놀랍구나. 우리 교단을 걸고 맹세코
나는 네가 이보다는 괜찮은 자인 줄 알았다.
티볼트를 죽이더니 이제 자결할 작정이냐? 115
자신에게 그렇게 끔찍한 짓을 해서
네 생명에 목숨이 달려 있는 아내마저 죽이려 하느냐?
네 집안과 하늘과 땅을 왜 원망하느냐?
네 집안과 하늘과 땅이 모두 네 한 몸에
모여 있는데, 그것들을 한꺼번에 잃고 싶어 하는구나. 120
아서라 아서, 네 생김새와 네 사랑과 네 지혜가 부끄럽다.
고리대금업자처럼 그 모든 게 풍족한데
네 모습과 사랑과 지혜를 장식하기 위해
정말로 써야 할 곳에 하나도 안 쓰다니.
남자의 용맹함에서 벗어나면 125

고귀한 네 모습은 밀랍 조각에 불과하고
소중히 간직하겠다고 맹세했던 사랑을 저버리면
네가 한 소중한 사랑 맹세는 공허한 위증일 뿐이고
네 모습과 네 사랑을 더 빛나게 해 주는 네 지혜도
130 다른 두 가지로 인해 엉망이 된다.
미숙한 군인의 화약통에 든 화약이
자신의 부주의로 폭발하여
자기 방어 수단에 사지가 찢기는 것처럼.
정신 차려라, 이놈아! 소중한 줄리엣을 위해
135 방금 전 죽으려 했는데 그녀가 살아 있어.
그러니 넌 행운아야. 티볼트가 널 죽이려 했지만
네가 티볼트를 죽였어. 그러니 넌 행운아야.
사형을 내릴 줄 알았던 국법이 네 편이 되어
추방령을 내렸어. 그러니 넌 행운아야.
140 축복이 떼 지어 네게 몰려오고
행복은 한껏 치장하고 네게 구애하는데
넌 버릇없고 샐쭉한 여인같이
네 행운과 사랑에 뾰로통해 있구나.
조심해라, 조심해, 그러다 비참하게 죽는다.
145 결정했던 대로 네 사랑에게 가거라.
그녀의 침실로 가서, 어서 위로해 주어라.
하지만 파수가 설 때까지 머물러서는 안 된다.

그럼 만토바[11]로 빠져나가지 못할 테니까.
만토바에 가 있으면 때를 봐서
너희 결혼을 밝히고 양가 친지들을 화해시키고 150
영주님께 사면을 청해 떠날 때의
슬픔보다 백 배 천 배 기쁘게
돌아오도록 부르마.
유모는 먼저 가서 아가씨께 내 안부 인사를 전하고
집안사람들을 다들 일찍 자게 만들라고 하게나. 155
상심이 커서 쉬이 그리들 할 걸세.
로미오가 갈 것이네.

유모 오, 수사님, 밤새 여기 남아서 훌륭한 말씀을
들었으면 좋겠어요. 어쩜, 학식도 대단하셔.
도련님, 아가씨께 오신다고 말할게요. 160

로미오 그래요, 내 사랑에게 꾸짖을 준비도 하라고 해요.

(유모가 가려다가 되돌아온다)

유모 이거요. 아가씨가 도련님께 전하라는 반지예요.
서둘러서 빨리 오세요. 너무 늦었어요.

(퇴장)

로미오 이걸 보니 정말 위안이 되네요.

로렌스 수사 어서 가 봐라, 잘 자고. 네 상황을 정리하면 165

---

11 만토바 : 베로나의 남서쪽에 있는 도시.

이렇다. 파수를 서기 전에 떠나든가
아니면 동틀 녘에 변장을 하고 여기를 떠나
만토바에 머물러라. 네 하인을 통해
여기서 일어나는 좋은 일들은
170 수시로 너에게 다 알려 주마.
자, 악수하고 늦었으니 잘 가라. 좋은 밤 보내고.

로미오 말할 수 없는 기쁨이 절 부르는 게 아니라면
수사님과 이렇게 짧게 작별하는 게 슬펐을 겁니다.
안녕히 계십시오. (모두 퇴장)

제4장

캐퓰럿, 캐퓰럿 부인, 패리스 등장

캐퓰럿 백작, 너무 불행한 일이 벌어져
딸을 설득할 시간이 없었소.
그 애는 티볼트를 아주 사랑했고
나 역시 그랬소. 하긴, 태어나면 다 죽는 거지만.
5 지금은 너무 늦었소. 오늘 밤 그 애는 안 내려올 거요.
백작만 아니었더라면 나도 분명
한 시간 전에 잠자리에 들었을 거요.

패리스 비애의 시간에 구애할 틈은 없군요.[12]

부인, 안녕히 주무시고 따님에게 안부 전해 주십시오.

캐퓰럿 부인 그러지요, 아침 일찍 그 애 생각을 물어볼게요. 10

오늘 밤엔 시름에 잠겨 있어서요.

(패리스가 가려는데 캐퓰럿이 그를 다시 부른다)

캐퓰럿 패리스 백작, 내 자식의 혼사에 대하여

중대한 결정을 하겠소. 그 애는 모든 점에서

내 뜻에 따를 것이오. 그럼, 그렇고말고.

부인, 잠자리에 들기 전에 그 애에게 가서 15

패리스 백작이 구혼했다는 걸 알려 주고

그 애에게—알겠소?—오는 수요일에—

가만—오늘이 무슨 요일이지?

패리스 월요일입니다, 나리.

캐퓰럿 월요일! 하 하! 그럼 수요일은 너무 이르군.

목요일로 합시다—목요일에 20

백작과 결혼식을 올릴 거라고 말하시오.

백작은 준비가 되겠소? 이렇게 서둘러도 괜찮겠소?

너무 떠들썩하게 하진 않을 거요. 친구 한둘 정도만.

최근에 티볼트가 살해되었는데

12 비애의 시간에 구애할 틈이 없군요 : 셰익스피어가 woe(슬픔, 비애)라는 단어와 woo(구애)라는 단어를 병치한 것을 살리고자 '비애', '구애'로 번역하였다.

25 우리가 잔치를 너무 크게 열면 조카인 그 애를
신경 안 쓴다고들 생각할 테니까.
그러니 지인들 대여섯 정도 부르고
끝내겠소. 그런데 목요일 어떻소?

패리스 네, 나리, 전 목요일이 내일이었으면 좋겠습니다.

30 **캐플럿** 그럼 가 보시오, 목요일로 합시다—
부인은 잠자리에 들기 전에 줄리엣한테 가서
혼인에 대비하여 준비시키시오.
잘 가시오, 백작. 여봐라, 방에 횃불을 가져와라!
이거 시간이 너무 늦어 곧
35 이른 아침이라고 말해야 될 것 같군. 잘 가시오.

(모두 퇴장)

제5장

로미오와 줄리엣 위쪽 창문에 등장

줄리엣 가시려고요? 아직 날도 밝지 않았는데.
두려움에 사로잡힌 당신 귀에 들린 건
종달새가 아니라 밤꾀꼬리 소리였어요.
밤마다 저 석류나무 위에서 울어요.

제 말 믿으세요, 내 사랑, 그건 밤꾀꼬리 소리였어요. 5

로미오 그건 밤꾀꼬리가 아니라 아침의 전령인

종달새였어요. 봐요, 내 사랑, 저기 동녘에

샘 많은 햇살이 구름 사이를 수놓는 걸.

밤의 촛불들은 다 꺼지고 명랑한 태양이

안개 낀 산꼭대기에 발끝으로 서 있어요. 10

난 가서 살든가 아님 여기 남아 죽든가 해야 해요.

줄리엣 저 빛은 햇빛이 아니란 걸 알아요, 전,

저건 이 밤 당신의 횃불잡이가 되어

만토바로 가는 당신 길을 밝혀 주라고

태양이 내뱉은 유성이에요. 15

그러니 아직 가지 마세요, 아직 가지 않아도 돼요.

로미오 그럼 잡혀가서 죽임을 당하죠 뭐.

그대가 그걸 원하면 난 좋아요.

저 회색빛이 아침의 눈이 아니라

달의 이마를 희미하게 반사한 것뿐이고 20

우리 머리 위 저 높은 곳에서 노래 불러

창공을 울리는 것도 종달새가 아니에요.

난 가려는 마음보다 머물고 싶은 욕망이 더 커요.

죽음이여 오라. 줄리엣이 그걸 원하니, 환영이다.

자, 내 사랑, 아직 날이 밝지 않았으니 우리 얘기 나눠요. 25

줄리엣 날이 밝았어요, 날이 밝았다고요! 어서 가세요!

심한 불협화음과 듣기 싫은 고음으로
시끄럽게 노래하는 저것은 종달새예요.
어떤 이들은 종달새가 고운 음을 낸다는데
30 저것은 그렇지 않네요, 우리를 떼어 놓으니까요.
종달새와 혐오스런 두꺼비가 눈을 바꾼다고들 하던데
오, 서로 목소리도 바꿨더라면 좋았겠어요.
그 목소리에 놀라서 포옹하던 우리 팔 풀어지고
아침을 알리는 노래로 당신을 여기서 쫓아내니까요.
35 아, 이제 가세요, 날이 점점 밝아지고 있어요.

로미오 날은 점점 밝아지고 우리 비탄 점점 어두워지네요!

유모 황급히 등장

유모 아가씨!

줄리엣 유모?

유모 마님께서 아가씨 방으로 오고 계세요.
40 날이 샜으니 조심하고 주변을 잘 살피세요.

(퇴장)

줄리엣 그럼 창문아, 낮은 들이고 목숨은 내보내라.

로미오 안녕, 잘 있어요! 한 번만 더 키스하고 내려갈게요.

(로미오, 줄사다리를 타고 내려간다)

줄리엣 그렇게 가시나요, 내 사랑, 나의 서방님, 나의 벗!

매일 매 시간 소식 주셔야 해요.
제겐 일각이 여삼추[13]일 테니까. 45
오, 이렇게 계산하면 내 로미오 님을
다시 보기 전에 여러 해가 흘러가겠어요.

로미오 잘 있어요!
내 사랑, 기회 있을 때마다
안부 전할게요. 50

줄리엣 오, 우리가 다시 만날까요?

로미오 그럼요, 그때가 오면 이 모든 비탄은
달콤한 얘깃거리가 될 거예요.

줄리엣 오 하나님, 예감이 불길해요!
당신이 그리 낮은 곳에 있으니 55
무덤 바닥에 누워 있는 죽은 사람 같아요.
내 시력이 잘못된 게 아니면 당신은 창백해 보여요.

로미오 정말 내 눈에 그대도 그리 보여요.
목마른 슬픔이 우리 피를 다 마셨나 봐요, 안녕, 안녕!

(퇴장)

줄리엣 오, 운명, 운명아! 모두들 널 변덕스럽다 한다. 60
네가 변덕스럽다면 신의로 유명한 사람들은
어찌하겠느냐? 운명아, 변덕을 부려라.

---

13 일각이 여삼추 : 아주 짧은 시각도 3년처럼 길게 느껴진다는 뜻

그래서 그이를 오래 붙들어 두지 말고
돌려보내 다오.

캐퓰럿 부인 등장

캐퓰럿 부인 얘, 딸아, 일어났니?

65 **줄리엣** 누가 날 부르지? 어머니네.
이리 늦게까지 안 주무셨나? 아님 이리 일찍 일어나셨나?
무슨 긴한 일로 오셨지? (창문에서 내려간다)

캐퓰럿 부인 그래, 지금은 좀 어떠니?

줄리엣 안 좋아요, 어머니.

캐퓰럿 부인 사촌이 죽었다고 아직도 울고 있는 게냐?

70 아니, 눈물로 그 애를 무덤에서 꺼내 오려는 게냐?
그래도 그 애를 살려 내진 못한다.
그러니 그만 울어라. 슬퍼하는 건 사랑의 표시지만
지나치게 슬퍼하는 건 슬기롭지 못한 거야.

줄리엣 상실감이 크니 울게 해 주세요.[14]

75 **캐퓰럿 부인** 너야 상실감을 느끼겠지만, 죽은 사람은 그걸 느끼지 못해.

---

14 상실감이 크니 울게 해 주세요 : 캐퓰럿 부인은 이 상실감이 죽은 티볼트에 대한 상실감으로 이해하겠지만 줄리엣에게는 떠나 버린 로미오에 대한 상실감이다.

줄리엣 상실감을 느끼면

그를 위해 울지 않을 수 없어요.

캐퓰럿 부인 그런데 얘야, 넌 그 애가 죽어서라기보다

그 애를 죽인 악당이 살아서 우는 걸게다.

줄리엣 무슨 악당이요, 어머니?

캐퓰럿 부인 그 못된 로미오 놈 말이다. 80

줄리엣 (방백) 그이는 악당과 거리가 먼데—

신이시여, 그를 용서하소서. 저도 진심으로 용서합니다.

그리고 그런 자 때문에 내 맘이 애통하진 않아요.

캐퓰럿 부인 살인자 역적 놈이 살아 있으니 그렇지.

줄리엣 네 어머니, 내 손이 닿는 곳에 그가 있어 85

내 손으로 사촌 죽음에 복수할 수 있었으면 좋겠어요.

캐퓰럿 부인 반드시 복수할 테니 걱정 마라.

그러니 그만 울거라. 그 추방된 부랑자가 사는

만토바로 사람을 보내

흔치 않은 독약을 그놈에게 먹여서 90

곧 티볼트를 따라가게 만들 거다.

그럼 너도 만족할 게다.

줄리엣 저는 절대 그걸로 만족 못 해요.

로미오 그 인간이 죽어 있는 걸 직접 볼 때까지.

고통받은 친척으로 애타는 제 심정이 그래요. 95

어머니, 독약 가져갈 사람을

찾아만 주시면 제가 로미오가 먹고
곧 조용히 잠들 독약을
조제하겠어요. 오, 그 이름만 들어도
100 이렇게 혐오스러운데 직접 가서
사촌을 죽인 그의 몸에 사촌에 대한
내 사랑의 분풀이를 못 하다니.

캐퓰럿 부인 방법을 찾아봐라, 사람은 내가 찾아볼 테니.
그런데, 얘야, 기쁜 소식이 있다.

105 **줄리엣** 기쁜 소식이 꼭 필요한 때에 잘 됐네요.
뭔데요, 어머니?

캐퓰럿 부인 그래, 그래. 넌 참 자상한 아버지를 두었다.
네 슬픔을 덜어 주기 위하여
갑자기 기쁜 날을 잡으셨다.
110 너도 예상 못 하고 나도 기대 못 한.

줄리엣 잘 됐네요, 어머니. 무슨 날인데요?

캐퓰럿 부인 뭐냐면, 얘야, 목요일 아침 일찍
용감하고 젊고 고결한 신사인
패리스 백작이 성 베드로 성당에서
115 널 행복한 신부로 만들어 줄게다.

줄리엣 성 베드로 성당과 베드로 성인에 맹세코
그분은 절 행복한 신부로 만들어 주지 못할 거예요.
남편 될 사람이 구애도 하기 전에

결혼해야 하다니, 너무 이상하게 서두르네요.
어머니, 제발 아버지께 말씀드려 주세요, 120
전 아직 결혼하지 않을 거라고. 만약 한다면 맹세코
패리스 백작이 아니라 어머니도 제 미움을 잘 아시는
로미오와 할 거예요. 정말 놀라운 소식이네요.

캐퓰럿 부인 저기 아버지 오신다. 직접 그리 말씀드려라,
그리고 어떻게 받아들이시는지 봐라. 125

캐퓰럿과 유모 등장

캐퓰럿 해가 지면 땅은 이슬을 내리는데
내 조카가 지고 나니
바로 비가 내리는구나.
아니, 무슨 수도꼭지냐? 아직까지 울고 있게?
언제까지 울 거냐? 그 작은 몸뚱이가 130
배와 바다 그리고 바람 흉내를 다 내는구나.
바다라고 해도 좋을 네 눈에 아직도
눈물이 고였다 흘렀다 하고. 네 몸은
짠물 위를 항해하는 배이고, 네 한숨은
눈물과 함께 거세게 불어 대는 바람이구나. 135
당장 진정시키지 않으면 폭풍에 흔들리는 네 몸은
파괴될 것이다. 그런데, 부인,

우리 결정을 딸에게 전했소?

캐퓰럿 부인 네, 근데 고맙긴 한데 안 하겠다네요.

140 이 바보가 죽어 제 무덤과 결혼하면 좋겠어요!

캐퓰럿 잠깐만, 부인, 알아듣게 말해 봐요, 알아듣게.

뭐? 안 한다고? 고마워하는 게 아니라?

자랑스러워하는 게 아니라? 변변치 못한 것을

그렇게 훌륭한 양반과 결혼하게 해 줬는데?

145 축복이라 여기지 않고?

줄리엣 자랑스럽진 않지만 감사하긴 해요.

제가 싫어하는 것을 자랑스러워할 순 없지만

두 분 뜻은 사랑에서 비롯된 것이니 싫어도 고맙긴 해요.

캐퓰럿 뭐, 어쩌고 어째? 무슨 말도 안 되는 소리야, 이게?

150 "자랑스럽다", "고맙다" 하다가 "고맙잖다"

"자랑스럽지 않다?", 못된 것 같으니.

고마워할 것도 없고, 자랑스러워할 것도 없이

몸이나 잘 챙겨서 오는 목요일에

패리스 백작과 성 베드로 성당으로 가기나 해.

155 안 그러면 틀에 묶어 내가 그리 끌고 갈 테니.

나가, 이 철딱서니 없는 것아! 나가라고, 이 짐 덩이야!

허연 낯짝 하고는!

캐퓰럿 부인 아니, 아니, 당신, 미쳤어요?

줄리엣 아버지, 무릎 꿇고 간청 드려요. (무릎을 꿇는다)

제 말을 한마디만 들어 주세요.

캐풀럿 그냥 목이나 매라, 이 불효막심한 것! 160

다시 말하지만, 목요일에 성당에 가,

안 그러면 다시는 내 얼굴 볼 생각 마라.

아무 말도 말고, 대꾸도 하지 말고, 대답도 하지 마!

손가락이 근질거리네, 부인, 하나님이 우리에게

자식을 하나만 주셔서 박복하다 했는데 165

이제 보니 이 하나도 과하고

우리가 저것을 얻은 게 저주였구려.

내쫓아 버려요, 못된 년.

유모 하나님, 아가씨를 보살펴 주소서.

아가씨에게 그런 욕을 하시다니 너무하세요.

캐풀럿 왜, 똑똑 여사님? 입 다무셔, 이 오지랖 여사! 170

가서 수다나 떠셔!

유모 제가 뭐 잘못된 말 했어요?

캐풀럿 오, 제발!

유모 사람이 말도 못 해요?

캐풀럿 조용히 해, 이 멍청한 수다쟁이야!

무게 있는 말씀은 수다쟁이들과 식사할 때나 하셔,

우린 필요 없으니.

캐풀럿 부인 당신 너무 흥분하셨어요. 175

캐풀럿 나 원, 화나게 하잖소! 밤낮, 일을 하든 놀든

혼자 있든 사람들과 함께 있든 난 늘
저 애 혼처 걱정뿐이었소. 그러다 이제야
좋은 부모에, 멋진 용모에, 젊고, 집안 좋고
180 소위 말하는 온갖 좋은 점을 다 갖춰
사람들이 남자 하면 바랄 모든 것을 갖춘
귀족 신사를 마련해 주었더니
이 훌쩍이 얼간이,
푸념쟁이가 복이 굴러 들어왔는데
185 '전 결혼 안 해요, 사랑할 수 없어요,
전 너무 어려요, 용서해 주세요!'라니.
허나 결혼 안 해도 용서는 하겠다!
대신 너 가고 싶은 대로 가서 살아, 나랑은 못 살 테니.
신중히 생각해라, 농담하는 거 아니니.
190 곧 목요일이야. 가슴에 손을 얹고 잘 생각해 봐.
넌 내 것이니 내가 주고 싶은 자에게 줄 거야.
그게 아니라면 목을 매든! 구걸을 하든! 길거리에서 굶어
죽든! 맹세코, 난 절대 널 받아들이지 않을 거고
내가 가진 어떤 것도 절대 네게 도움이 안 될 거다.
195 내 말 명심하고 잘 생각해라, 어김없을 테니. (퇴장)

줄리엣 저 구름 위에는 내 마음속 깊은 비탄을
들여다보는 연민은 없는가?
오, 다정한 어머니, 날 버리지 마세요,

이 결혼을 한 달만, 한 주만 연기해 주세요.
아니면 제 신방을 티볼트가 누워 있는 200
어두운 무덤 안에 만들어 주세요.

캐퓰럿 부인 난 아무 말도 않을 테니 나한테 얘기하지 마라.
난 할 만큼 했으니 마음대로 해라.

(퇴장)

줄리엣 오, 하나님, 오 유모, 이걸 어찌 막지?
내 남편은 땅 위에 있는데, 내 서약은 하늘에 있어. 205
어떻게 그 서약이 땅으로 다시 돌아오게 하지?
내 남편이 땅을 떠나 하늘에서 그것을
보내오지 않는다면? 나 좀 위로해 줘, 조언 좀 해 줘!
아, 너무 슬퍼. 나같이 연약한 사람에게
하늘이 이런 짓을 하다니. 210
어떡하지? 뭐 좋은 생각 없어?
위로가 될 만한, 유모.

유모 있죠, 물론.
로미오는 추방됐고 무슨 일이 있어도
아가씨를 차지하러 절대 못 옵니다.
오더라도 몰래 올 수밖에 없지요. 215
지금 사정이 그러하니
백작님과 결혼하는 게 최상인 거 같아요.
오, 그분은 참 훌륭한 신사분이에요.

그에 비하면 로미오는 행주 조각이죠. 독수리눈도
220 백작님 눈처럼 그렇게 생기 있고 아름다운
초록 눈은 아니에요. 저를 저주하시겠지만
두 번째 혼인으로 아가씨는 행복하실 거예요.
첫 번째 결혼보다 나으니까요. 설사 낫지 않더라도
첫 번째 남편은 죽었어요. 아니 살아 있더라도
225 아무 소용없으니 죽은 거나 다름없죠.

줄리엣 마음에서 우러나서 하는 말이야?

유모 영혼까지 걸고요. 아님 둘 다[15] 저주 받으라죠.

줄리엣 아멘!

유모 네?

230 **줄리엣** 왜, 유모가 날 너무 잘 위로해 주어서.
가서 어머니께 내가 아버지 마음 상하게 해드린 걸
고백하고 죄 사함을 받으러
로렌스 수사님 암자로 간다고 말씀드려.

유모 암요, 그러지요. 현명하신 처사예요.

(퇴장)

235 **줄리엣** 저주 받을 늙은이! 오, 천하의 사악한 악마,
내가 맹세를 저버리길 바라는 게 더 큰 죄일까,
아니면 내 남편을 비할 데 없다고

15 둘 다 : 마음과 영혼

수천 번 칭찬하던 그 입으로 그이를
비난하는 게 더 큰 죄일까? 잘 가, 조언자,
이제부터 내 마음과 유모는 영영 이별이야. 240
해결책을 알아보러 수사님께 가자.
다 실패해도 죽을힘은 내게 있어.

(퇴장)

제4막

제임스 노스코트. 〈캐퓰렛 가의 무덤. 죽은 로미오와 패리스, 줄리엣과 로렌스 신부〉. 1789년. 노스브룩 컬렉션

제1장

로렌스 수사와 패리스 등장

로렌스 수사 목요일에요? 시간이 너무 촉박하군요.

패리스 장인 되실 캐퓰럿 나리가 그렇게 정하셨어요.

저도 그분이 서두르는 걸 늦출 이유가 없고요.

로렌스 수사 아가씨 마음은 모른다고 하셨잖아요.

과정이 순조롭지 않은 게 마음이 안 내키는군요. 5

패리스 그녀는 티볼트의 죽음에 너무 울고 있어요.

그래서 구애의 말을 별로 못 했어요.

비너스 여신은 우는 집에는 미소를 지어 주지 않죠.

아가씨 부친께서 그녀가 그리 심하게 슬픔에

휘둘리는 것은 위험하다고 생각하여 10

그녀의 눈물의 홍수를 막으려고

현명하게도 저희 결혼을 서두르신 겁니다.

혼자일 땐 울고 싶은 맘이 더 나지만
결에 누가 있으면 그런 맘이 덜하니까요.
15 이제 이렇게 서두르는 이유를 아시겠습니까?

로렌스 수사 (방백) 왜 늦춰야 되는지 모른다면 좋으련만—
저기 아가씨가 내 암자로 오는군요.

줄리엣 등장

패리스 만나서 반가워요. 내 사랑, 내 부인.

줄리엣 내가 백작님 아내가 되면 그렇겠지요.

20 **패리스** 오는 목요일엔 그렇게 될 거예요.

줄리엣 꼭 그래야 되면 그렇겠죠.

로렌스 수사 그건 맞는 말이요.

패리스 수사님께 고해하러 오셨어요?

줄리엣 거기 답하는 건 백작님에게 고해를 하는 거네요.

패리스 수사님께 날 사랑한다는 걸 부인하지 마세요.

25 **줄리엣** 내가 수사님을 사랑한다고 당신에게 고백할게요.

패리스 날 사랑한다는 고백도 할 겁니다.

줄리엣 내가 정말 그런다면 백작님 앞에서 하는 것보다
백작님 없는 데서 하는 게 더 가치 있겠죠.

패리스 저런, 울어서 당신 얼굴이 많이 상했어요.

30 **줄리엣** 그래도 눈물이 얻은 건 별로 없어요.

눈물이 망가뜨리기 전에도 별로였으니까.

패리스 그리 말하다니 얼굴에게 눈물보다 더 몹쓸 짓을 하시네요.

줄리엣 사실을 말하는 것은 비방이 아니고

내가 한 말은 내 얼굴에게 한 말이에요.

패리스 그대 얼굴은 내 것인데 당신은 그걸 비방했어요. 35

줄리엣 그럴지도 모르죠, 내 건 아니니까.

지금 시간 있으세요, 수사님?

아니면 저녁 미사 때 올까요?

로렌스 수사 지금 시간 있소, 수심에 잠긴 자매여.

백작님, 저희만의 시간을 청해야겠습니다. 40

패리스 하나님이 기도를 방해하는 건 금하셨죠!

줄리엣, 목요일 아침 일찍 깨울게요.

그때까지 잘 있고, 이 신성한 키스 간직하길. (퇴장)

줄리엣 오, 그 문 닫고 저와 함께 울어 주세요.

희망도, 해결책도, 도움도 다 사라졌으니! 45

로렌스 수사 오, 줄리엣, 그대 슬픈 사정 이미 알고 있소.

내 머리로는 해결하기 힘든 상황이구려.

목요일에 이 백작과 결혼해야

한다면서요? 연기할 방법도 없고.

줄리엣 그걸 막을 수 있는 법을 알려 주지 못하시면 50

그 얘기 들었단 말씀 마세요, 수사님.

수사님 지혜로 도와주지 못하시면
제가 현명한 결단을 했다고만 말씀해 주세요.
그럼 이 칼로 당장 실행에 옮길 테니.
55 로미오와 저의 두 마음은 하나님이, 저희 두 손은
수사님께서 합쳐 주셨으니, 수사님이 로미오와 맺어 준
이 손으로 또 다른 결혼을 보증하기 전에
제 진실한 마음이 반역하여 다른 남자에게 돌아서기 전에
제 손으로 이 손과 이 마음을 죽여 버릴 거예요.
60 그러니까 오랜 경험에서 나온
조언을 당장 해 주시든가 아니면 지켜봐 주세요,
이 잔인한 칼이 저와 제 극단적 상황 사이를
중재하며 결정을 내릴 거예요.
수사님의 연륜과 능력으로도
65 진정 명예로운 해결책을 찾지 못하는 상황이라면.
말씀을 그리 주저하지 마세요. 해결책을 말씀해
주지 않으시면 전 죽고자 합니다.

로렌스 수사 멈추시오, 자매여! 한 가지 방법을 찾긴 했는데
그건 우리가 막으려고 하는 절박한
70 상황만큼이나 절박한 행동을 요구하오.
패리스 백작과 결혼하느니
차라리 자결할 의지를 가졌다면
그것을 피하려고 죽음에 맞선 것이니

이 치욕에서 벗어나기 위해
죽음과 유사한 행동도 해낼 것 같구려. 75
그리할 수 있다면 해결책을 말해 주겠소.

줄리엣 오, 패리스와 결혼하느니 차라리 저더러
어느 성벽 탑에서 뛰어내리라거나
도둑들이 득실거리는 길을 가라거나 뱀들이 우글대는
곳에 숨으라고 하세요, 으르렁거리는 곰과 묶어 놓든가 80
죽은 자의 덜컹대는 뼈다귀, 악취 나는 정강이,
턱뼈 빠진 노란 해골로 꽉 차 있는 납골당에
밤마다 저를 숨겨 놓으세요.
아니면 새 무덤에 들어가
수의에 싸여 있는 시체들에 숨으라고 하세요. 85
예전엔 그런 얘기 듣기만 해도 벌벌 떨었는데
내 사랑하는 서방님의 깨끗한 아내로 살기 위해서라면
두려워하지도 의심하지도 않고 그렇게 할 거예요.

로렌스 수사 그럼 참으시오. 집에 가서 명랑하게
패리스와 결혼하겠다고 하시오. 내일이 수요일이니, 90
내일 밤엔 혼자서 자도록 조치하고.
유모가 같이 자지 않도록 하란 말이오.
침대에 든 다음 이 약병을 꺼내
다 마시도록 하시오.
그러면 맥박이 제대로 뛰지 않고 멈춰 95

곧 차고 나른한 기운이
온 핏줄을 통하여 퍼질 것이오.
생명을 지녔음을 입증하는 온기도 숨결도 사라지고
입술과 뺨의 장밋빛은 창백한 잿빛으로
100 변하고, 죽음이 생명의 날을
닫을 때처럼 그대 눈의 창들은 닫힐 게요.
유연한 작동이 멈춘 각 기관은
죽은 듯 빳빳하게 굳어 차가워 보일 것이며
이렇게 죽어 쪼그라든 거 같은 가짜 죽음의 상태가
105 42시간[1] 지속되다가
편안한 잠에서 깨어나듯 깨어날 것이오.
그럼 아침에 신랑이 그대를 깨우러 왔을 때
그댄 죽어 있을 것이오.
그러면 우리나라 풍습대로
110 가장 좋은 옷을 입히고 뚜껑을 닫지 않은 상여에 넣어
캐퓰럿가 친척들이 모두 잠들어 있는
유서 깊은 가족 묘지로 그대를 데려갈 것이오.
그사이에 나는 로미오에게 편지로 우리 계획을
알려 그대가 깨어날 때에 맞춰 로미오가

1 42시간 : 약에서 깨어나는 이 시간에 대해서는 여러 이견이 분분하다. 바로 이 시간의 차이 때문에 그들의 이야기가 5일간의 이야기가 될 수도, 6일간의 이야기가 될 수도 있다.

그리로 가게 할 것이오. 그러면 로미오와 나는 115
그대가 깨어나는 걸 지켜보다가 바로 그날 밤에
로미오가 그대를 만토바로 데리고 갈 것이오.
그럼 그댄 지금의 치욕을 피할 것이오.
맘이 변하거나 겁이 나서
그것을 실행할 용기가 줄어들지 않는다면 말이오. 120

줄리엣 주세요, 얼른 주세요! 오, 겁낸다는 소리 마세요!

로렌스 수사 자, 이걸 갖고 가시오. 마음 굳게 먹고
성공하기 바라오. 난 서둘러 만토바로
수사 한 명을 보내 그대 남편에게 편지를 보내겠소.

줄리엣 사랑이 내게 힘을 주어 그 힘으로 해낼 거예요. 125
고마우신 수사님, 안녕히 계세요! (모두 퇴장)

제2장

캐퓰럿, 캐퓰럿 부인, 유모 및 하인 두세 명 등장

캐퓰럿 여기 적힌 손님들을 초대하라. (하인 1 퇴장)
이봐, 뛰어난 요리사를 스무 명쯤 고용하거라.

하인 2 솜씨 없는 놈은 하나도 없을 겁니다, 나리. 자기 손가
락을 빠는지 시험해 볼 테니까요.

5 **캐퓰럿** 뭐! 그런 시험으로 어떻게 알아?

하인 2 참, 나리도, 자기 손가락을 안 빠는 놈은 솜씨 없는 요리사예요. 그래서 자기 손가락을 안 빠는 모르는 놈은 저랑 같이 일 못 해요.[2]

캐퓰럿 가 봐라, 어서 가. (하인 2 퇴장)

10 이번엔 부족한 게 많을 거야.

그래, 우리 딸은 로렌스 수사님께 갔는가?

유모 네, 그럼요.

캐퓰럿 그럼, 수사님이 좋은 말씀 좀 해 줄 수도 있겠군. 철없는 고집쟁이 계집애 같으니.

줄리엣 등장

15 **유모** 저기 고해를 하고 즐거운 모습으로 오시네요.

캐퓰럿 그래 이 고집쟁이야, 어딜 쏘다니고 오느냐?

줄리엣 아버지와 아버지의 분부에 순종 않고

반항한 죄를 회개하고

20 로렌스 수사님이 이렇게 엎드려

용서를 빌라고 하셨어요. 부디 용서해 주세요!

2 자기 손가락을 ~ 못 해요 : 요리사가 자기 손가락을 안 빠는 것은 자기 음식에 신뢰가 없어서라는 옛말을 인용한 것이다. (Arden 201-202 각주 참조)

이제부터 아버지 말씀대로 할게요. (무릎을 꿇는다)

캐퓰럿 백작을 불러와라, 가서 이 얘기를 전하고.

내일 아침 혼사를 매듭짓도록 하겠다.

줄리엣 수사님 암자에서 그 젊은 나리를 만나 25

정숙함의 범주를 넘지 않으면서

적절한 사랑 표시를 했어요.

캐퓰럿 그것 참 잘했구나, 잘됐다, 일어나라.

그래야지. 백작을 만나 보마.

암, 그래야지, 가서 백작을 모셔 와라. 30

정말 우리 시의 사람들은 모두

고결하신 수사님 은덕을 크게 입고 있어.

줄리엣 유모, 내 방에 같이 가서

내일 단장하는 데 필요한

장신구 좀 같이 골라 줄래? 35

캐퓰럿 부인 아니, 목요일까진 괜찮다, 시간은 많아.

캐퓰럿 가게, 유모, 같이 가게, 성당엔 내일 갑시다.

(줄리엣과 유모 퇴장)

캐퓰럿 부인 준비할 시간이 부족할 텐데

벌써 밤이 다 됐네요.

캐퓰럿 뭐, 내가 좀 바쁘게 움직이지.

내 장담하건데 그러면 다 잘 될 거요. 40

당신은 줄리엣에게 가서 치장하는 걸 도와줘요.

나는 오늘 잠자리에 안 들 테니 신경 쓰지 말고.
이번만 주부 역할을 하겠소. 여봐라!
아, 다들 내보냈지. 그럼 패리스 백작에게는
45 내가 직접 가서 내일에 대비하여
준비하게 해야겠군. 제멋대로이던 딸애가
저리 마음을 돌리니 내 마음이 놀라우리만치 가볍군.

(모두 퇴장)

제3장

줄리엣과 유모 등장

줄리엣 응, 그 옷들이 제일 좋네. 그런데 다정한 유모,
오늘 밤엔 나 혼자 자게 해 줘.
유모도 알다시피 내 처지가 꼬이고 죄가 많잖아.
그런 내 처지에 하늘이 미소 짓게 하려면
5 기도를 많이 해야 할 것 같아.

캐퓰럿 부인 등장

캐퓰럿 부인 얘야, 바쁘니? 어미가 좀 도와주랴?

줄리엣 아니에요, 어머니. 내일 예식에 필요한
것들은 다 골랐어요.
이젠 저 혼자 있게 해 주시고
유모는 오늘 밤 어머니와 지내게 하세요. 10
이렇게 너무 갑자기 일을 치르게 되어서
손이 많이 모자라잖아요.

캐퓰릿 부인 잘 자거라.
좀 쉬어야 할 테니 침대에 가서 쉬어라.

(캐퓰럿 부인과 유모 퇴장)

줄리엣 안녕히 가세요. 언제 또 만날진 하나님만 아시겠죠.
정신을 잃게 하는 차디찬 공포가 온 혈관에 퍼져 15
생명의 열기가 다 얼어 버린 것 같아.
두 사람을 다시 불러 위로해 달라고 해야겠다.
유모!—그녀가 뭘 할 수 있겠어?
이 무서운 역할은 나 혼자 해야 해.
자, 약병아. 20
그런데 이 약이 전혀 효과가 없으면 어쩌지?
그럼 내일 아침에 난 결혼해야 하는 거야?
아냐! 아냐! 이게 막아 줄 거야. 넌 여기 있거라.

(칼을 내려놓는다)

만약 수사님이 이미 나를 로미오와 결혼시킨 터라
이 결혼으로 부도덕한 일을 저지르지 않으려고 25

날 죽일 요량으로 교묘하게 만든
독약이면 어떡하지?
그럴까 두렵다. 하지만 그럴 리가 없어.
수사님은 언제나 고결한 분이셨어.
30 만약 내가 무덤에 안치되었다가
로미오가 나를 구하러 오기 전에
깨어나면 어쩌지? 그게 너무 무서운 점이야!
그럼 묘지의 더러운 입구로는 신선한 공기가
들어오지 않아 무덤 안에서 질식하지 않을까?
35 그래서 로미오가 오기 전에 질식해 죽는 거 아닐까?
아니 설사 산다 하더라도
지난 몇 백 년 동안 매장된
우리 조상들의 뼈가 다 쌓여 있고
갓 묻은 피투성이 티볼트가
40 수의에 싸여 썩고 있고,
밤마다 일정 시간에
유령들이 나타난다고 하는
그 장소가 주는 공포에다
죽음과 밤이 불러일으키는 끔찍한 상상으로
45 아아, 너무 일찍 깨어나 역겨운 냄새에다
사람들이 그 소리를 들으면 미친다는
맨드레이크3가 땅에서 뽑힐 때

내는 것과 같은 비명 소리를 들으면
오, 그렇게 깨어나면 내 정신이 나가지 않을까?
이렇게 온갖 무서운 것들에 둘러싸여 50
미쳐서 조상들의 뼈다귀를 갖고 놀고
엉망이 된 티볼트를 수의에서 꺼내고
완전히 미쳐서 위대한 친척들의 뼈를
몽둥이처럼 휘둘러 절망에 찬 내 머리를 깨지 않을까?
오, 저것 봐, 사촌의 유령이 55
칼로 자기 몸을 찌른 로미오를
찾고 있는 게 보이는 것 같아! 멈춰, 티볼트, 멈춰!
로미오, 로미오, 로미오, 이 약을 그대 위해 마실게요!

(커튼 안쪽에서 침대 위에 쓰러진다)

제4장

캐퓰럿 부인과 유모 등장

3 맨드레이크 : 지중해와 레반트 지방이 원산지인 허브의 한 종류로 마취제에 쓰이는 유독성 식물이고 예전에는 마법의 힘이 있다고 여겨졌다. 뿌리가 사람의 하반신과 비슷한 모습을 하고 있다. 교수대 밑에서 자라는 풀이라고 알려져 그 뿌리에 죄수의 죽은 영혼이 숨어 있다고 믿었다.

캐퓰럿 부인 유모, 이 열쇠 가져가서 향신료 좀 더 가져와.

유모 빵 만드는 측에서는 대추와 모과를 찾는데요.

캐퓰럿 등장

캐퓰럿 자, 어서, 어서, 서둘러, 두 번째 닭이 울었어![4]
통금 종이 울렸으니 세 시야.
5 이봐 안젤리카, 구운 고기 좀 신경 써,
비용 땜에 아끼지 말고.

유모 가세요, 여자 노릇 마시고 가서
잠이나 주무세요. 오늘 밤 새면
내일 정말 병나십니다.

캐퓰럿 절대 안 그래, 뭐, 더 시시한 일로 전에도
10 홀딱 샌 적 있지만 병난 적은 없었어.

캐퓰럿 부인 맞아, 당신 한창 땐 여자 꽁무니 좀 쫓아다녔죠.
하나 이젠 그렇게 밤을 새지 못하게 감시할 거예요.[5]

(캐퓰럿 부인과 유모 퇴장)

캐퓰럿 저놈의 의심하고는!

4 두 번째 닭이 울었어 : 당시 기록에 의하면 닭은 자정, 3시, 동틀 녘에 울었다고 한다. (Arden 207 각주 3)

5 하나 이젠 ~ 감시할 거예요 : 캐퓰럿 부인은 이 대사에서 '밤새우다'라는 뜻과 '감시하다'라는 두 가지 뜻을 가진 watch 동사로 말장난을 하고 있다.

시종 서너 명이 꼬챙이, 통나무, 바구니 등을 들고 등장

여봐라, 거기 뭐가 있냐?

시종 1 요리사 건데 뭔지는 저도 모릅니다요.

캐퓰럿 서둘러라, 서둘러! (시종 1 퇴장)

너, 더 잘 마른 통나무 좀 가져와라! 15

피터가 있는 데를 알려 줄 테니 피터를 불러.

시종 2 나리, 그런 일로 피터 귀찮게 안 하고

통나무를 찾을 정도의 머리는 저도 있습니다.

캐퓰럿 말 한번 잘 했다! 허, 웃기는 놈일세.

어디 통나무 머리 좀 굴려 봐라! (시종 2 퇴장)

이런, 동이 텄네! 20

(음악을 연주한다)

백작이 악사들과 곧 들이닥칠 거야.

그러겠다고 했으니까. 오는 소리가 들리네.

유모! 부인! 여봐라! 아, 유모, 안 들려!

유모 등장

가서 줄리엣 깨워 단장시키게,

난 가서 패리스 백작과 얘기 나누고 있을 테니. 어서, 25

서두르게, 서둘러! 신랑이 벌써 왔다고.

어서 서두르라니까. (캐퓰럿 퇴장)

제5장

유모가 커튼 쪽으로 간다

유모 아가씨! 아니, 아가씨! 줄리엣 아가씨!—한밤중이네.
자, 우리 순둥이 아가씨! 이 늦잠꾸러기 같으니!
아니, 아가씨! 사랑하는 아가씨! 아니, 새색시가!
끔쩍도 안 하네. 그래 조금이라도 더 자요.
5 일주일 치 다 자 둬요, 내 장담하는데 오늘 밤엔
패리스 백작님이 모든 걸 걸고
아가씨를 못 자게 할 테니. 이놈의 주둥이, 용서하소서!
아멘. 참 깊이도 주무시네!
깨워야 하는데, 아가씨, 아가씨, 아가씨!
10 에이, 백작님더러 와서 데려가라고 해야겠다,
그럼 깜짝 놀라 일어나실 걸요, 안 그래요?
아니, 옷을 다 입고, 다시 누우셨나?
깨워야 돼. 아가씨! 아가씨! 아가씨!
아이고, 아이고! 사람 살려, 사람 살려! 아가씨가 죽었어요!
15 아이고, 내가 뭐 할라고 태어났을까!

거기 술 좀! 주인님! 마님!

캐퓰럿 부인 등장

캐퓰럿 부인 웬 소란이야?

유모 오, 너무 슬픈 날이에요!

캐퓰럿 부인 무슨 일인데?

유모 보세요, 봐! 아아!

캐퓰럿 부인 아이고, 아이고, 우리 애가, 유일한 내 생명이.

일어나 어미 좀 봐라, 안 그러면 나도 죽는다. 20

사람 살려! 사람 살려! 사람들을 불러라!

캐퓰럿 등장

캐퓰럿 줄리엣 데려오라니까 뭣들 하고 있어. 신랑 왔다고.

유모 죽었어요, 죽었어, 죽었다구요! 아아!

캐퓰럿 부인 아아! 죽었어요, 죽었어, 죽었어요!

캐퓰럿 뭐라고! 어디 봅시다. 아아, 차갑구나. 25

피는 멈췄고 사지는 뻣뻣하구나.

이 입술에서 생명이 떠난 지 오래구나.

때 이른 서리처럼 죽음이 내렸구나.

온 들판에서 가장 예쁜 꽃에.

유모 아, 이리도 슬픈 날이!

30 **캐퓰럿 부인** 아 너무도 비통한 시간이구나!

캐퓰럿 날 통곡하게 하려고 내 딸을 데려간 죽음이

내 혀를 마비시켜 아무 말 못 하게 하는구나.

로렌스 수사와 패리스, 악사들 등장

로렌스 수사 어디, 신부는 성당 갈 준비가 됐나요?

캐퓰럿 갈 준비는 됐지만 돌아오지 못할 길을 갔습니다.

35 오 사위, 결혼식 전날 밤

죽음이 자네 처와 같이했네. 저기

꽃 같은 그 애가 죽음의 손에 꺾여 누워 있네.

내 딸은 죽음과 결혼했으니

그것이 내 사위이자 내 상속자가 되었네. 난 죽어

40 그에게 다 물려줄 걸세, 생명도, 재산도, 모두 죽음 것이네.

패리스 이 아침을 그토록 고대했는데

이런 광경을 보려고 그랬단 말인가?

캐퓰럿 부인 저주 받아 불행하고 비참하고 가증스런 날이여!

끝없는 시간의 힘든 순례 여정에서

45 지금까지 내가 본 가장 비참한 때로구나!

무남독녀 불쌍한 내 새끼,

내게 기쁨과 위로 주는 유일한 것이었는데

잔인한 죽음이 그 애를 앗아 갔어!

유모 오, 슬프고 애통하고 비통하다!

내 지금껏 이리도 50

슬프고 애통한 날은 없었어.

오 이런, 오 이런, 오 이런 끔찍한 날이.

지금껏 이토록 어두운 날은 본 적이 없어.

오 애통하고 비통한 날!

패리스 속이고, 빼앗고, 욕보이고, 저주하고, 살해했구나! 55

참으로 가증스런 죽음이여, 네가 날 속여

잔인하기 짝이 없는 네가 날 파멸시켰다.

오, 내 사랑! 오, 나의 생명! 생명을 잃은 사랑!

캐풀럿 멸시당하고, 고통받고, 미움받고 살해당했구나!

고통스런 시간이여, 하필 왜 지금 와서 60

우리의 엄숙한 의식을 다 망쳤느냐?

오 아가, 우리 아가! 자식 아니라 내 영혼아!

네가 죽다니! 아, 내 새끼가 죽다니,

이 애와 함께 내 기쁨들도 묻혔다.

로렌스 수사 그만 진정들 하세요. 부끄럽지 않소! 65

소란을 피운다고 이런 혼란을 치유하지 못합니다.

아름다운 줄리엣에게 하늘과 나리 몫이 다 있었으나

이젠 하늘이 다 차지했소, 그건 줄리엣에겐 잘된 일이지요.

나리는 죽음으로부터 나리 몫을 지키지 못했지만

70 하늘은 영생 속에 자기 몫을 지킵니다.
따님이 높이 오르는 것이 나리의 축복이라 여겨
따님이 높이 오르기를 가장 바랐는데
이제 구름 위 하늘나라까지 올라간 걸
보고 우십니까?
75 오, 잘된 걸 보고서 이리 난리를 치는 것은
그릇된 자식 사랑입니다.
여자가 결혼해서 오래 살면 잘한 결혼 아니지만
결혼 후 일찍 죽으면 최고의 결혼이지요.
눈물을 거두고 이 아름다운 시신 위에
80 로즈메리 꽃을 꽂고 관례에 따라서
가장 좋은 옷을 입혀 성당으로 옮깁시다.
우리의 어리석은 천성은 모두에게 애도하라 하지만
이성적으로 따져 보면 기뻐해야 할 일이니까.

캐퓰럿 잔치에 쓰기로 했던 모든 것이
85 슬픈 장례용으로 바뀌는구나.
악기들은 슬픈 조종으로
혼인 축하 연회는 슬픈 장례식 만찬으로
엄숙한 성가는 쓸쓸한 만가로
신부의 화환은 시신을 위한 것으로
90 모든 것이 정반대로 바뀌는구나.

로렌스 수사 안으로 드시지요, 부인도 같이요,

패리스 백작도 듭시다. 모두들 이 아름다운 시신을
묘지까지 배웅할 준비를 하시오.
무언가 잘못한 게 있어 하늘이 노했으니
그 높은 뜻을 거슬러 더 이상 노하게 하지 마십시오. 95

(유모와 악사들만 남고 모두 줄리엣 위에
로즈메리 꽃을 던지고 커튼을 닫으면서 퇴장)

악사 1 허 참, 악기들을 챙겨 떠나야겠군.

유모 선량하고 정직하신 분들, 어서 짐을 싸세요, 짐을,
아시다시피 사정이 딱하잖아요.

악사 1 네, 정말 그러네요. 사정이 나아지시길.

(유모 퇴장)

피터 등장

피터 악사님들, 오 악사님들, '마음의 평안', '마음의 평안'! 100
오, 날 살리는 셈 치고 '마음의 평안' 좀 연주해 주세요.

악사 1 왜 '마음의 평안'이죠?

피터 오, 악사님들, 내 마음이 '내 맘엔 슬픔이 가득'을 연주
하고 있거든요. 오, 그러니 날 위로해 줄 유쾌하고도 구슬 105
픈 곡을 연주해 주세요.

악사 1 구슬픈 곡 안 되겠소! 지금은 연주할 때가 아니요.

피터 안 하겠단 말이요?

악사 1 그렇소.

110 **피터** 그럼 그거나 먹여야겠군.

악사 1 뭘 먹인단 말이오?

피터 돈은 말고 에라, 엿이나 먹어라. 이 깽깽이들아.

악사 1 그렇다면 넌 종놈이다.

115 **피터** 그럼 그 종놈의 단검을 니들 골통에 꽂아 주마. 콩나물 대가리 같은 소리 집어치우고. 니들이 레-하고, 파-하게 해 주마. 내 말 알아듣겠냐.

악사 1 우리를 레-, 파-소리 내게 하면 우리 음악을 들어야 할 걸.

120 **악사 2** 그놈의 단검은 집어치우고 기지나 꺼내 보시지.

피터 그렇다면 어디 내 기지 맛 좀 봐라. 강철 같은 기지로 피 안 나게 패 주고, 강철 단검은 집어넣지. 사내답게 대답해 봐.

"비수 같은 슬픔이 심장을 찌르고

슬픔에 마음이 답답할 때

125 *은빛 선율 음악은—"*

왜 '은빛 선율'이게? 왜 '은빛 선율 음악'이라고 했게? 사이먼 깽깽이, 넌 뭐 때문인 거 같으냐?

악사 1 그야, 은이 아름다운 소리를 내니까 그렇지.

피터 역시 개같은 소리 하고 있네. 휴 깽깽이. 넌 어떻게 생각해?

악사 2 악사들은 은화를 받으려고 연주하니까 '은빛 선율'이겠지. 130

피터 은화 같은 소리 하고 있네. 제임스 받침대, 넌?

악사 2 난 사실 뭐라고 해야 할지 모르겠어.

피터 아이고 미안해, 넌 참 가수지. 내가 대신 말해 주지. 악사들이 연주를 해 보았자 금을 주진 않으니까 '은빛 선율' 135 이라고 한 거야.

"은빛 선율 음악은

바로 위안을 주네." (퇴장)

악사 1 저런 염병할 놈!

악사 2 저놈 목을 매, 잭, 자, 여기 들어가서 조문객들 기다 140 렸다 저녁이나 먹자. (모두 퇴장)

제5막

프레더릭 레이턴 경. 〈몬태규 가와 캐퓰렛 가의 화해〉.
1853-55년. 아그네스 스콧 대학교.

제1장

로미오 등장

로미오 자는 동안 꾸는 달콤한 꿈을 믿을 수 있다면
뭔가 기쁜 소식이 곧 올 거 같아.
내 마음의 군주인 사랑이 왕좌에 가벼이 앉고
오늘 하루 종일 평소와 달리 기분이 좋아
날아다니는 거 같아. 5
꿈속에 줄리엣이 와서 죽은 나를 보고—
죽은 사람이 생각을 하다니 이상한 꿈이네!—
키스로 내 입술에 생기를 불어넣어
되살아났는데 내가 황제였어.
아아, 사랑 꿈만 꿔도 이렇게 기쁜데 10
진짜 사랑은 얼마나 달콤할까.

로미오의 하인 발사자 장화를 신고 등장

베로나에서 소식이 왔구나! 어이, 발사자,
수사님 편지 가져오지 않았느냐?
아씨는 어떠냐? 아버지는 잘 계시고?
15 줄리엣은 어떠냐고? 그걸 거듭 묻는 건
그녀만 잘 있으면 다 상관없으니 그런 거다.

발사자 그렇다면 잘 계시니 아무 문제없네요.
아씨 몸은 캐퓰럿가 묘지에 잠드시고
불멸의 부분[1]은 천사들과 함께 계십니다.
20 아씨를 그 집안 묘지에 안치하는 걸 보고
도련님께 알려 드리려고 곧바로 달려왔어요.
오, 이런 나쁜 소식을 가져온 걸 용서해 주세요.
도련님이 그걸 제 임무로 맡기셔서요.

로미오 그리됐다고? 별들아, 그럼 난 너희에게 도전하련다!
25 내 숙소를 알고 있으니 가서 종이와 잉크를 가져오고
말을 빌려 놔라. 오늘 밤 여길 떠나겠다.

발사자 도련님, 제발 참으세요.
안색이 창백하고 정신이 나간 듯하여 뭔가
나쁜 일을 저지르실 것 같아요.

1 불멸의 부분 : '영혼'을 뜻한다.

로미오 아니, 잘못 봤어.

가서 시킨 일이나 하거라. 30

수사님이 내게 보낸 편지가 없단 말이지?

발사자 네, 없어요.

로미오 상관없어, 가 봐라.

그리고 말을 구해 놔라. 곧 가마. (발사자 퇴장)

자, 줄리엣, 오늘 밤 나도 그대와 누울 거요.

방법을 찾아보자, 오, 사악한 생각이여, 그대는 35

절망한 사람의 머리에는 빨리도 찾아드는구나.

이 근처에 살던 약장수 한 명이

생각나는데, 최근에 그 사람이

다 해진 옷을 입고 잔뜩 인상을 쓰고

약초 뜯는 걸 보았지. 그의 모습 초라했고 40

심한 가난으로 뼈만 남고

그의 궁핍한 가게에는 거북이,

박제한 악어와 몇몇 못생긴 물고기의

가죽들이 걸려 있었지. 그리고 선반에는

몇 개 안 되는 빈 상자와 45

초록색 토기들, 고무주머니, 곰팡이 핀 씨앗들,

포장용 끈 쪼가리와 오래된 장미꽃 덩이가

전시용으로 여기저기 흩어져 있었어.

그 궁색한 모습을 보고 혼자 말했지.

50 ‘누군가 지금 만토바 시에서 팔면
바로 사형인 독약이 필요하면
그걸 팔 비열한 자가 여기 살고 있군.’ 하고.
오, 내가 필요치 않을 때 이런 생각을 했었는데
이 궁핍한 자가 그걸 내게 팔아야 하는구나.
55 내 기억으론 이 집이 틀림없어.
휴일이라 거지의 상점이 문을 닫았네.
이봐요! 약장수!

약장수 등장

약장수 누가 이리 큰 소리로 부르시오?

로미오 이봐요, 이리 와 봐요. 당신 가난한 거 알아요.
자, 금화 사십 냥[2]이오. 내게
60 독약 조금만 주시오, 약발이 빨라서 온 혈관에
금방 쫙 퍼져 삶에 지쳐 그 독약을
마신 자가 쓰러져 죽고,
치명적인 대포 구멍에서
불붙은 화약이 빠르게 발사되듯

2 금화 사십 냥 : 원전에는 40터컷(ducat)이다. 이 정도면 당시 다이아몬드 반지를 살 만한 큰돈이었다고 한다. (Arden 220쪽 각주 참조).

빠르게 숨이 끊어지는 걸로. 65

약장수 그렇게 치명적인 독약을 갖고는 있소만
그걸 운운하는 자는 만토바의 법으로 사형이오.

로미오 그렇게 헐벗고 궁색함에 찌든 사람이
죽는 게 두렵소? 그대 뺨 위에 굶주림이 서리고
궁핍과 억압이 그대 눈 속에 깃들고 70
경멸스런 거지 신세가 등을 짓누르고 있는데.
세상이나 세상의 법은 그대 편 아니고
이 세상 법이 그대를 부자로 만들어 줄 수도 없소.
그러니 법을 어기고 이걸 받아 가난에서 벗어나시오.

약장수 제 맘이 아니라 가난 때문에 팔겠소. 75

로미오 나도 그대 맘이 아니라 가난에게 지불하겠소.

약장수 이걸 어떤 액체에나 타서
다 마시면 스무 남자를 합한 만큼
강한 사람이라도 즉사할 거요.

로미오 금화 여기 있소. 이것은 그대가 팔아서는 안 되는 80
시시한 이 독약보다 인간의 영혼에겐 더 나쁜 독이고
이 역겨운 세상에서 더 많은 살인을 합니다.
그러니 내가 독을 팔았지 그댄 내게 아무것도 팔지 않았
소. 잘 사시오! 먹을 걸 사서 살 좀 찌시오.
자, 독이 아닌 달콤한 음료여, 줄리엣의 무덤으로 85
나와 함께 가자. 거기서 널 사용할 것이니. (퇴장)

제2장

존 수사 등장

존 수사 성 프란체스코 수사님! 수사님!

로렌스 수사 등장

로렌스 수사 이건 존 수사의 목소리가 틀림없어.
만토바에서 돌아왔군요, 로미오가 뭐라던가요?
아님 그의 편지가 있음 주시오.
5 **존 수사** 이 도시에서 병자들을 방문했던
우리 교단의 형제 수사 한 분을 만나
그와 동행하게 되었는데
그를 찾던 도시 검역관들이
우리 둘 다 역병이 돌았던
10 집에 있었다고 의심하여
문을 봉쇄하고 못 나가게 했습니다.
그래서 저의 만토바 행이 막혔습니다.
로렌스 수사 그럼 내 편지를 누가 로미오에게 전했소?
존 수사 보내지 못해 그냥 가져왔습니다.
15 그 사람들이 역병을 너무 염려하여

그걸 수사님께 보낼 전령도 못 구했습니다.

로렌스 수사 이런 불운한 일이! 맹세코

이 편지는 예사로운 게 아니라 막중한

내용이라 그걸 소홀히 했다간

아주 위험할 수도 있소. 존 수사, 어서 가서 20

쇠 지렛대를 갖고 내 암자로 곧장

와 주시오.

존 수사 수사님, 가서 그걸 갖다 드리겠습니다.

(퇴장)

로렌스 수사 이제 나 혼자 무덤으로 가야 한다.

세 시간 내에 줄리엣이 깨어날 것이다.

로미오가 이 사태들에 대해 25

통지 받지 못한 것에 대해 날 많이 원망하겠지.

만토바로 다시 편지를 보내고

로미오가 올 때까지 내 암자에 둬야겠다.—

죽은 자를 묻는 무덤에 갇힌 불쌍한 산송장!

(퇴장)

제3장

패리스와 그의 시동, 꽃과 향수를 가지고 등장

패리스 얘야, 횃불 내게 주고 멀찌감치 떨어져 있거라.
사람들 눈에 띄고 싶지 않으니 횃불은 꺼라,
저 주목나무 아래 누워
속이 텅 빈 땅 위에 귀를 바싹 대고 있어라.
5 무덤을 파느라 땅을 파헤쳐 놔서
성당 묘지로 오는 발소리는
다 들릴게다. 그러면 휘파람을 불어
누가 온다는 신호를 보내라.
그 꽃 주고 가서 시킨 대로 하거라.

10 **시종** (방백) 성당 묘지에 혼자 서 있는 게
너무 무섭지만 해 봐야지.

(시동 물러난다)

(패리스 무덤에 꽃을 뿌린다.)

패리스 아름다운 꽃이여, 그대 신방에 이 꽃을 뿌리오.
아아, 그대 침대 덮개는 흙과 돌이군요!
난 밤마다 여기에 향수를 뿌릴 거요.
15 향수가 없으면 한탄 섞인 내 눈물을 뿌릴 거요.
밤마다 그대 무덤 위에 꽃 뿌리고 우는 것이
내가 그대 위해 거행하는 장례식이오.

(시동이 휘파람을 분다)

시동이 누가 오고 있다고 경고하는군.
도대체 이 밤중에 어떤 저주 받은 발이 이리 와서

내 장례식이자 참사랑의 의식을 방해하는 거지? 20
가만, 촛불을 들고? 밤이여, 나를 잠시 숨겨 다오.

(패리스 물러난다)

로미오와 발사자, 횃불과 곡괭이, 쇠 지렛대를 가지고 등장

로미오 곡괭이와 쇠 지렛대 이리 다오.
자, 이 편지 받아라. 아침 일찍
아버님께 전해 드려라.
횃불 이리 주고 네 목숨을 걸고 명령하니 25
무엇을 듣든 보든 멀리 떨어져서
내 하는 일을 방해하지 마라.
내가 이 죽음의 방으로 내려가는 건
내 아내의 얼굴을 보려는 것이기도 하지만
더 큰 목적은 죽은 그녀 손가락에서 30
값비싼 반지를 빼오려는 것이다.
그걸 값어치 있게 쓰기 위해. 그러니 어서 물러가라.
만약 네가 의심스러운 마음에 되돌아와
내가 말한 것 말고 무슨 다른 짓을 하는지 엿본다면
맹세코 네놈 사지를 갈기갈기 찢어 35
허기진 이 교회 묘지에 뿌릴 것이다.
지금은 때도, 내 마음도 야수처럼 거칠고

굶주린 호랑이나 포효하는 바다보다
더 사납고 무자비하다.

40 **발사자** 갈게요, 나리. 방해하지 않을게요.

로미오 그러는 게 네 우정의 표시이지. 이거 받아라.
잘 살아라, 잘 가고.

발사자 (방백) 아무리 그래도 근처에 숨어 있어야지.
도련님 표정이 무섭고 의도가 의심스러워.

(발사자 물러난다)

45 **로미오** 지상에서 가장 소중한 음식을 삼킨
너 가증스런 목구멍아, 너 죽음의 자궁아,
썩어 빠진 네놈 턱을 이렇게 강제로 벌려
널 괴롭히기 위해 음식을 더 쑤셔 넣어 주겠다.

(로미오가 무덤을 열기 시작한다)

패리스 저건 추방당한 거만한 몬태규 놈이다.
50 내 연인의 사촌을 살해하여 그 슬픔으로
어여쁜 그녀가 죽었다고 하는.
그런데 이제 여기 와서 죽은 시신들에게
못된 짓을 하려 하는구나. 저놈을 체포해야겠다.
이 사악한 몬태규, 그 불경한 짓을 멈춰라.
55 죽인 것도 모자라 죽은 자에게까지 복수를 하려느냐?
저주 받은 악당아, 내 정녕 너를 체포하겠다.
네놈은 죽어 마땅하니 순순히 항복하고 나를 따라와라.

로미오 진정 그래서 내가 여기 왔소.
젊은 양반, 절망에 빠진 사람을 건드리지 마시오.
날 두고 어서 여길 떠나시오. 죽은 이 사람들을 생각하면 60
겁이 날 텐데. 부탁이오, 젊은 양반,
나를 화나게 하여 또 하나의 죄업을
짊어지게 하지 말고, 제발 가시오!
맹세코 난 나보다 그대를 더 사랑하오.
나는 스스로를 해칠 준비를 하고 왔으니. 65
거기 머뭇거리지 말고 가시오, 살아서
미친 자의 자비로 도망쳤다 말하시오.

패리스 그따위 요구는 거절하고
너를 흉악범으로 이 자리에서 체포한다.

로미오 기어이 도발하시겠다? 그렇다면 받아라, 애송이! 70

(둘이 싸운다)

시종 오 하나님, 싸움이 붙었네! 파수꾼을 불러야겠다.

(시동 퇴장)

패리스 아, 난 살해당했다! 네게 자비심이 있거든
무덤을 열고 나를 줄리엣 옆에 묻어 다오. (패리스 죽는다)

로미오 맹세코 그리해 주겠소. 얼굴이나 좀 보자.
머큐쇼의 친척인 고결한 패리스 백작! 75
말을 타고 오면서 내가 정신 나가 제대로 듣지 않았을 때
하인 놈이 뭐랬더라? 패리스가 줄리엣과

결혼하기로 했었다고 말한 것 같은데.
그렇게 말하지 않았던가? 아님 내가 그리 꿈꾼 걸까?
80 아니면 내가 미쳐서 줄리엣 소리를 듣고
그렇다고 생각한 걸까? 오, 그대 손을 주시오,
잔인한 불운의 명단에 나와 함께 적힌 이여!
내 그대를 훌륭한 무덤 속에 묻어 주리다.
무덤이라고? 아니지, 연회장이라오, 살해된 젊은이.
85 여기 줄리엣이 누워 그 아름다움으로 이 무덤을
빛 가득한 연회장으로 만들어 주니까.
죽음이여, 죽은 자[3]가 그대 묻으니 고이 잠들라.
사람들은 흔히 죽는 순간에
유쾌해지지! 간수들은 그걸
90 죽기 전의 섬광이라 하지. 오, 난 이걸[4] 어떤
섬광이라 부를 수 있을까, 오, 내 사랑, 나의 아내여,
달콤한 그대 숨결 빨아들인 죽음도
그대 아름다움에는 아무 짓 못 했구나.
그대는 정복되지 않아 미인의 징표인 입술과 뺨에
95 발그레한 기(氣)가 여전하니
죽음의 창백한 깃발, 거기까지 못 미쳤구나.

3 죽은 자 : 죽음을 각오한 로미오 자신을 가리키는 말이다.
4 이걸 : 약 기운에서 벗어나 혈색이 도는 줄리엣의 아름다움을 보고 하는 말이다.

티볼트, 피 묻은 수의에 싸여 거기 누워 있느냐?
오, 네 젊음을 두 동강 낸 이 손으로
너의 원수인 나의 젊음 끊는 것보다
더 나은 호의를 내가 어찌 그대에게 베풀겠는가? 100
사촌, 날 용서해 주게. 아, 내 사랑 줄리엣,
그대는 어찌 아직도 이리 아름다운가? 실체 없는
죽음이 연정을 품어 그 비쩍 마른 혐오스런 괴물이
자기 연인 삼으려고 그대를
이곳 어둠 속에 가뒀다고 믿어야 할까? 105
그럴까 두려워 난 여기 당신 곁에 남아
이 어두운 밤의 궁전을 절대
떠나지 않을 거요. 당신을 시중드는 구더기들과
여기, 이곳에 머물 거요. 오, 이곳을
내 영원한 안식처로 삼아 110
세상에 지친 이 몸에서 불길한 별자리의 멍에를
떨어 버릴 것이오. 눈이여, 마지막으로 보아라.
팔이여, 마지막으로 포옹하여라! 그리고 입술이여,
오 너, 숨결의 관문이여, 제대로 된 키스로
모든 것 집어삼키는 죽음과 영원한 거래를 맺어라. 115
오라, 쓰디쓴 안내자여, 맛없는 길잡이여[5], 오라!

5 쓰디쓴 안내자여, 맛없는 길잡이여 : 독약을 가리킨다.

그대, 절망에 빠진 선장[6]이여, 배멀미에 지친 배[7]를
암초들 위로 지금 즉시 몰아가라!
내 사랑을 위하여! (약을 마신다) 오, 진실한 약장수여,
120 그대 독약의 효과가 빠르구나. 이렇게 난 키스하며 죽는
다. (로미오 쓰러진다)

등불과 쇠지레와 삽을 든 로렌스 수사 등장

로렌스 수사 성 프란체스코의 가호로 빨리 가길, 오늘 밤은
이 늙은이 발이 무덤들에 자꾸 걸려 넘어지네! 게 누구요?
발사자 수사님을 잘 아는 친구입니다.
로렌스 수사 그대에게 신의 은총이 내리길, 이보게 친구,
125 저기서 하릴없이 구더기와 눈 없는 해골들을
비추는 저건 웬 횃불이냐? 내 보기에
캐퓰럿가의 지하 무덤에서 비추고 있군.
발사자 맞아요, 수사님, 수사님이 아끼는
제 주인님이 저기 있어요.
로렌스 수사 그게 누군데?
발사자 로미오 도련님이요.

6 절망에 빠진 선장 : 로미오 자신을 가리킨다.
7 배멀미에 지친 배 : 로미오 자신의 육체를 가리킨다.

로렌스 수사 저기 들어간 지 얼마나 됐냐?

발사자 반 시간은 족히 됐어요. 130

로렌스 수사 나랑 같이 묘지에 들어가자.

발사자 안 돼요, 수사님.

도련님은 제가 여길 떠난 줄 아세요.

여기 남아 자기가 하는 짓을 보면

죽이겠다고 무섭게 협박하셨어요.

로렌스 수사 그럼 혼자 갈 테니, 넌 여기 있어라, 두려움이 135

엄습해 온다. 오, 무슨 불상사가 있을까 봐 너무나 두렵다.

발사자 제가 이 주목나무 아래서 자고 있는데

도련님이 누군가와 싸워 그 사람을 살해하는

꿈을 꿨어요.

로렌스 수사 로미오가!

(수사가 허리를 굽혀 핏자국과 무기들을 본다)

이런, 이런, 묘지의 돌문에 묻은 140

이게 무슨 핏자국이지?

주인 없이 피투성이가 된 이 칼들은

왜 이 안식의 장소에 놓여 있고?

로미오! 오 창백하구나! 또 누군가? 아니, 패리스도?

피에 흠뻑 젖은 채? 아, 무자비한 시간, 145

이렇게 비통한 짓을 범하다니!

아가씨가 깨어나는구나.

줄리엣 일어난다

줄리엣 오, 수사님이 계셔서 다행이에요. 제 서방님은 어디
있어요? 전 제가 있어야 할 곳을 똑똑히 기억하고
150 지금 거기 있는데 나의 로미오는 어디 있어요?

(안에서 소리)

로렌스 수사 무슨 소리가 들리오. 아가씨
그 죽음과 역병과 가짜 잠의 자리에서 나와요.
우리가 거스를 수 없는 거대한 힘 때문에
우리 계획이 좌절됐어요. 자, 갑시다.
155 아가씨 남편은 거기 아가씨 가슴 위에 죽어 쓰러져 있고
패리스도 죽었어요. 어서, 아가씨를
수녀원에 맡겨야겠어요.
파수꾼이 오고 있으니 물어보느라 지체하지 말고
자 갑시다, 줄리엣. (다시 소리) 더 이상은 머무를 수 없소.
160 **줄리엣** 수사님은 어서 가세요, 전 가지 않을 거예요.

(로렌스 수사 퇴장)

이게 뭐야? 서방님 손이 꽉 움켜잡고 있는 이 병은?
알겠다, 독으로 영원한 끝을 맞았구나.
오, 나쁜 사람, 다 마시다니? 내가 뒤따를 수 있게
한 방울도 남기지 않고? 그의 입술에 키스하자.
165 어쩌면 그 입술에 독이 남아 있어

그것이 나를 죽게 해 줄지도 몰라.

당신 입술은 따뜻하네요!

파수꾼 1 (안에서) 앞장서라, 어느 쪽이냐?

줄리엣 어, 말소리가? 그럼 서둘러야지. 오, 고마운 단검,

이게 네 칼집이다. 거기서 녹슬면서 날 죽여 다오.

(스스로 자결하여 쓰러진다)

패리스의 시동과 파수꾼들 등장

시종 여기예요. 저기 횃불이 타고 있는 곳이요. 170

파수꾼 1 땅이 피투성이군. 묘지 주위를 수색하라.

몇 명이 같이 가라. 누구든 보이면 체포하라.

(몇 명 퇴장)

처참한 광경이군! 백작은 살해되어 누워 있고

줄리엣은 이틀 동안이나 안치되어 있었는데

갓 죽은 듯 뜨거운 피를 흘리고 있다. 175

넌 영주님께 가서 아뢰고, 넌 캐퓰럿 댁으로 달려가라,

넌 몬태규 일가를 깨우고, 나머진 이곳을 수색하라.

(몇 명 퇴장)

이런 비극이 일어난 장소는 알겠는데

가련한 이 모든 비극의 진정한 원인은

사태를 더 알기 전에는 알 길이 없구나. 180

파수꾼 몇 명과 발사자 등장

파수꾼 2 이놈은 로미오 하인인데 성당 묘지에 있었습니다.

파수꾼 1 영주님이 오실 때까지 꼭 붙잡아 둬라.

다른 파수꾼과 로렌스 수사 등장

파수꾼 3 이 수사님이 몸을 떨고 한숨 쉬며 울고 계셨습니다.
성당 묘지 쪽에서 걸어오는 이분에게서
185 이 곡괭이와 삽을 압수했습니다.

파수꾼 1 대단히 수상하구나. 수사님도 잡아 둬라.

영주와 시종들 등장

영주 무슨 불행한 일이 이리도 일찍 일어났기에
아침 휴식을 취하는 나를 부르느냐?

캐퓰럿과 캐퓰럿 부인 및 하인들 등장

캐퓰럿 무슨 일로 여기저기서 저렇게 비명들을 지르지?

190 **캐퓰럿 부인** 아, 거리에서 어떤 이들은 '로미오'를 외치고
어떤 이들은 '줄리엣'을, 또 어떤 이들은 '패리스'를 외치며

모두들 우리 묘지로 달려가고 있어요.

영주 내 귀를 놀라게 하는 이 무서운 소리가 무엇이냐?

파수꾼 1 영주님, 여기 패리스 백작이 살해되어 쓰러져 있고
로미오도 죽었으며 이미 죽었던 줄리엣은 195
갓 죽은 듯 아직 몸이 따뜻합니다.

영주 이 끔찍한 살인이 왜 발생했는지 추적 조사하여 밝혀라.

파수꾼 1 여기 수사님 한 분과 죽은 로미오의 하인이
죽은 자들의 무덤을 열기에 적합한
도구들을 지니고 있었습니다. 200

캐퓰릿 오, 세상에! 오, 부인, 우리 딸이 피를 흘리고 있소!
보시오, 이 단검의 칼집은 저기 저
몬태규의 등 뒤에 비어 있는데
내 딸의 가슴에 잘못 꽂혀 있소!

캐퓰릿 부인 아아! 이 죽음의 장면은 늙은 나에게 205
묘지로 가는 길을 알려 주는 경종 같아요.

몬태규와 하인들 등장

영주 어서 오시오, 몬태규, 일찌감치 일어나
일찌감치 가 버린 그대의 아들이자 상속자를 보게 됐소.

몬태규 아, 영주님, 제 아내가 지난밤

210 아들의 추방을 슬퍼하다 숨을 거뒀습니다.
또 어떤 슬픔이 이 늙은이를 해코지하려 합니까?
영주 보면 알 거요.
몬태규 오, 못 배운 놈! 이게 무슨 버르장머리냐,
아비보다 먼저 무덤에 들어가다니?
215 **영주** 절규를 잠시 멈추시오.
아직 밝혀지지 않은 점들을 밝혀
이 사태의 근원과 원인과 전말을 알아낼 때까지.
그다음 난 그대들 고통의 지휘자가 되어
죽을 때까지 그 슬픔 함께하겠소. 그동안 참고
220 인내로 불운을 이겨 주시오.
용의자들을 이리 데려오너라.
로렌스 수사 제가 가장 의심받는 용의자입니다.
별것 하지도 못하고 이때 이곳에 있었던 탓에
이 무서운 살인의 용의자로 가장 의심받고 있습니다.
225 그래서 저의 죄를 고발하고
또 변명을 하고자 이 자리에 섰습니다.
영주 그럼 당장 이 사건에 관해 아는 바를 말하시오.
로렌스 수사 간단히 아뢰겠습니다. 숨 쉴 날이
얼마 남지 않아 지루하게 긴 얘기는 못 할 테니.
230 저기 죽어 있는 로미오는 줄리엣의 남편이고
저기 죽어 있는 줄리엣은 로미오의 정숙한 아내입니다.

제가 그들을 결혼시켰는데, 그 비밀 결혼 날이
티볼트가 죽은 날입니다. 그의 갑작스런 죽음으로
갓 결혼한 신랑은 이 도시에서 추방되었고
줄리엣은 티볼트가 아니라 그 때문에 비통해한 것입니다. 235
그런데 나리는 그녀를 비탄에서 벗어나게 하려고
패리스 백작과 강제 결혼시키려 했지요.
그때 그녀는 제게 와서
몹시 흥분하여 두 번째 결혼을 피할
방법을 마련해 달라고, 안 그러면 240
제 암자에서 자살하겠다고 했습니다.
그래서 저는 제 의술의 도움을 받아
그녀에게 수면제를 주었는데 그 약은 제 의도대로
약효를 발휘하여 그녀를 죽은 사람처럼
만들어 주었습니다. 그사이 저는 로미오에게 245
이 무시무시한 밤에 이곳에 와서,
약효가 끝나는 시간이 되면 빌린 무덤에서
그녀를 꺼내야 한다는 편지를 썼습니다.
하지만 제 편지를 가지고 가던 존 수사가
우연히 발이 묶여 있다, 어제저녁 그 편지를 250
제게 돌려줬습니다. 그래서 저 혼자
그녀가 깨어날 시간에
친족들의 묘지에서 그녀를 데려가려고 왔습니다.

로미오에게 보낼 수 있을 때까지
255 그녀를 제 암자에 숨겨 두려 했던 것입니다.
하지만 그녀가 깨어나기 몇 분 전에
제가 왔을 땐, 고결한 패리스 백작과
진실한 로미오가 때 아니게 죽어 있었습니다.
그녀가 깨어나자 전 그녀한테 하늘의 뜻을
260 인내로 견디고 밖으로 떠나자고 했는데
그때 무슨 소리가 나기에 전 무서워 무덤에서 나갔습니다.
그런데 너무 상심한 그녀는 안 가겠다 고집을 피웠고
보아하니 자살한 것 같습니다.
이것이 제가 아는 전부입니다. 이 결혼에 대해서는
265 유모가 다 알고 있습니다. 이번 일에 있어서
제 잘못으로 잘못된 게 있다면
이 늙은 목숨을 가장 가혹한 법에 따라
천수를 다하기 전에 바치게 하십시오.

영주 우리는 수사님이 늘 고결한 분이라는 걸 알고 있소.
270 로미오의 하인은 어디 있느냐? 그자는 무얼 말해 주려나?

발사자 도련님께 줄리엣 아가씨의 죽음을 전했더니
도련님은 서둘러 만토바를 떠나서
바로 이곳 묘지에 왔습니다.
이 편지를 아침 일찍 아버지께 전하라고 명하시고
275 묘지로 들어가면서 자기를 두고

가지 않으면 죽이겠다고 위협하셨습니다.

영주 편지를 이리 주거라, 내가 읽어 보겠다.

파수꾼을 깨웠던 백작의 시종은 어디 있느냐?

여봐라, 네 주인은 이곳에 왜 왔느냐?

시종 주인님은 아씨 묘에 꽃을 뿌리러 왔는데 280

저더러 물러서 있으라고 하셔서 그리했습니다.

얼마 안 있어 누가 횃불을 들고 와서 무덤을 열자

주인님이 곧 그자에게 칼을 뽑았습니다.

그래서 저는 파수꾼을 부르러 달려갔습니다.

영주 이 편지를 읽어 보니 수사님 말씀대로요. 285

그들의 사랑의 여정과 그녀의 사망 소식,

그리고 가난한 약장수로부터

독약을 사서 그걸 갖고 이 무덤에 와서

죽어 줄리엣 곁에 누우러 왔다고 여기 적혀 있소.

이 원수들 어디 있느냐? 캐퓰럿, 몬태규, 290

그대들의 기쁨인 자식들이 서로 사랑하여 죽게 함으로써

하늘이 그대들의 증오에 어떤 벌을 내렸는지 보라.

나는 그대들의 불화에 눈감은 죄로

친척 두 명을 잃었다. 모두 벌 받은 것이다.

캐퓰럿 오, 몬태규, 그대 손을 주오. 295

이 악수가 내 딸이 받을 지참금이오,

더는 요구하지 못하겠소.

몬태규 하지만 난 더 주겠소.

순금으로 그녀의 동상을 만들어

베로나의 이름이 잊히지 않는 한

300 진실하게 정절을 지킨 줄리엣 만큼

찬양받는 자 없도록 할 것이오.

캐풀럿 같은 가치의 로미오 상을 아내 곁에 세우겠소.

그 애들은 우리 불화의 가련한 희생자들이오.

영주 태양도 슬픔에 고개를 들지 않을 터이니

305 오늘 아침 어두운 화평이 이루어졌소.

가서 이 슬픈 일들에 대해 더 얘기합시다.

용서받는 자도 있고, 벌 받는 자도 있을 것이오.

줄리엣과 로미오의 이 이야기보다

더 슬픈 이야기는 결코 없었소. (모두 퇴장)

『로미오와 줄리엣』을 읽고 나서

『로미오와 줄리엣』은 베로나를 배경으로, 두 원수 가문인 몬태규(Montague) 가의 아들 로미오(Romeo)와 캐퓰럿(Capulet) 가의 딸 줄리엣(Juliet)이 세상의 다른 모든 가치를 초월하는 절대적인 사랑을 나누는 이야기입니다. 가족, 부모, 죽음 그 무엇도 그들의 사랑을 막지 못합니다. 가짜로 죽어 있던 줄리엣을 따라 독약을 마시고 죽는 로미오와 잠에서 깨어나 죽어 있는 로미오를 따라 죽음을 선택한 줄리엣의 모습은 한편으로는 무모해 보이면서도 또 한편으로는 죽음도 두려워하지 않았던 그들의 불같은 사랑이 감동적이기도 합니다. 시공을 초월하여 전 세계 사람들에게 비극적 사랑의 대명사가 된 로미오와 줄리엣의 뜨거운 사랑은 단 5~6일간의 일입니다.[1]

1 이 시간의 차이는 셰익스피어 극들의 두 텍스트, 이절판과 사절판에서 줄리엣이 마신 독약의 약효가 하나는 24시간, 다른 하나는 42시간으로 차이가 나기 때문이다.

이 짧은 기간 자신들의 모든 것을 불태운 로미오와 줄리엣의 사랑을 통해 셰익스피어는 사랑이라는 격정의 무서운 힘을 보여 줍니다. 이런 사랑의 감정을 좀 더 극단적으로 보여 주기 위해 셰익스피어는 원전에서 9개월간의 사랑 이야기를 단 며칠간의 이야기로 압축한 것입니다. 그들에게 사랑은 지상 최고의 가치이며, 그보다 더 중요한 것은 세상에 존재하지 않습니다.

셰익스피어는 그 어떤 주제 못지않게 사랑에 대해서도 깊이 있게 탐구한 작가입니다. 사실 셰익스피어의 극 중에서 사랑 이야기가 빠진 극은 거의 없으며, 또 많은 극에서 사랑이 중심 테마로 등장합니다. 그래서 사이몬 캘로우(Simon Callow)는 "셰익스피어는 그 어떤 인간적 경험보다도 사랑에 대해 쓸 때 더 완벽해지고 더 공감이 느껴진다. 그는 강박적일 정도로 사랑에 대해 엄청나게 많이 썼다."고 주장한 바 있습니다(9). 셰익스피어는 주로 제어할 수 없는 사랑의 힘, 사랑에 빠진 자들의 어리석은 행동 등을 극화했습니다. 그래서 이런 셰익스피어의 사랑 극에서는 논리적인 인과 관계로 이해할 수 없는 비이성적인 행동들이 펼쳐집니다. 그 사랑은 때로는 너무 격정적이고 때로는 너무 어리석습니다. 예를 들어 많은 셰익스피어 작품에서 등장인물들은 대부분 첫눈에 사랑에 빠지는데, 셰익스피어는 그런 운명적인 감정을 논리적으로 설명하지 않습니다.

그렇다면 '사랑'이 전부인 것 같은 이 작품에서 우리는 어떤 점들을 꼼꼼히 살펴봐야 할까요?

아래와 같은 논제들에 대해 생각해 보면 이 극을 보다 깊이 있게 분석하게 될 것입니다.

1. 극 초반에 로미오는 로잘라인에 대한 짝사랑 때문에 심한 상사병을 앓고 있는데 캐퓰럿 가 무도회에서 줄리엣을 보자마자 바로 변심하여 그녀를 사랑한다. 이건 어떻게 설명할 수 있을까?
2. 로미오는 줄리엣에게 첫눈에 반한 뒤 그녀를 '성자', '태양' 등에 비유하여 찬양하고, 이 후로도 그녀를 찬미하는 대사들이 너무 장황하게 느껴진다. 셰익스피어는 왜 그렇게 쓴 것일까?
3. 작품을 읽는 내내 줄리엣이 아주 적극적일 뿐만 아니라 로미오보다 판단력도, 행동도 성숙하다는 느낌을 준다. 셰익스피어는 두 인물의 성격을 왜 이렇게 부여한 것일까?
4. 『로미오와 줄리엣』은 지고지순하고 슬픈 사랑 이야기로 알고 있었는데, 성(性)에 관한 진한 농담이나 희극적 장면들이 의외로 많이 나온다. 이것도 셰익스피어 극의 특징 중 하나인가?

5. 티볼트를 중심으로 한 캐퓰럿 가 젊은이와 머큐쇼를 중심으로 한 몬태규 가 젊은이들이 사소한 말다툼에서 시작해 살인으로까지 이어지는 것을 보면서 현대 우리 젊은이들의 패싸움과 비슷하다고 느껴진다. 4백 년 전 작품이 어떻게 우리 시대 이야기처럼 느껴지는가?
6. 줄리엣의 의사와 상관없이 그녀의 아버지 캐퓰럿은 아주 강압적인 태도로 결혼을 추진한다. 이것이 당대의 결혼 문화인가?
7. 로렌스 수사는 로미오와 줄리엣의 비밀 결혼을 올려 주고 줄리엣이 패리스 백작과의 강제 결혼을 피하도록 계획을 짜는 등 두 사람의 사랑에서 중요한 역할을 한다. 하지만 선의에 의한 그의 계획은 모두 실패로 끝난다. 이것은 어떻게 해석해야 하는가?
8. 이 극에는 셰익스피어의 다른 극들보다 복선이 되는 대사들이 많다. 셰익스피어가 그런 대사들을 많이 쓴 특별한 이유가 있는가?
9. 이 극에서 셰익스피어가 말하는 사랑론은 무엇인가?
10. 앞에서 4대 비극에 비해 이 극은 인간에 대한 성찰도 부족하고, 플롯의 치밀함도 부족하다고 했는데, 그럼에도 불구하고 이 극이 대중적으로 그렇게 인기가 많은 이유는 무엇인가?

1. 극 초반에 로미오는 로잘라인에 대한 짝사랑 때문에 심한 상사병을 앓고 있는데, 캐퓰럿 가 무도회에서 줄리엣을 보자마자 바로 변심하여 그녀를 사랑한다. 이건 어떻게 설명할 수 있을까?

☞ 첫눈에 반한 로미오와 줄리엣의 사랑 : 그 성급함과 맹목적성

극 초반에 로잘라인에 대한 짝사랑에 빠져 깊은 상사병을 앓고 있는 로미오는 친구들과 어울리지도 않고, 가문 사이의 다툼에도 관심이 없다. 그는 홀로 숲을 헤매거나 방에 은둔하면서 보상받지 못하는 짝사랑의 아픔을 곱씹으며 시름에 잠겨 지낸다. 그러다 친구들의 강요로 캐퓰럿 가 무도회에 간 로미오는 놀랍게도 줄리엣을 보고 첫눈에 반한다. 그래서 다음과 같이 독백을 한다.

로미오 내 마음이 지금까지 사랑을 했다고? 눈이여, 부정해라.
오늘 밤까지 난 진정한 아름다움을 보지 못했으니.

(1막 5장 51~52행)

셰익스피어의 『한여름 밤의 꿈 *A Midsummer Night's Dream*』이라는 희극에서는 요정들이 잠든 인간들의 눈에 사랑의 묘약을 넣으면 그 인간이 잠에서 깨어나 가장 먼저 보는 상대를 미친 듯이 사랑하게 된다. 마치 그 요정들이 로미오의 눈에 사랑의 묘약을 넣기라도 한 듯 로미오의 사랑의 대상은 순식간에 로잘라인에서 줄리엣으로 바뀐다.

그런데 셰익스피어 작품에는 이렇게 첫눈에 사랑에 빠지는 연인들이 많이 등장한다.

흔히 사랑의 신 큐피드는 소경으로 묘사가 되고, 등에 날개가 달린 어린아이로 묘사된다. 이런 큐피드의 도상에는 사랑의 여러 속성이 담겨 있다. 그의 눈이 먼 모습은 사랑의 맹목적성(blindness)을 나타내고, 그의 등에 달린 날개는 사랑의 성급함이, 그리고 유아의 모습에는 분별력과 판단력의 미숙함이 담겨 있다. 셰익스피어는 로미오와 줄리엣의 사랑에 이 모든 속성을 담아내고 있다. 그들은 그야말로 첫눈에 서로 반하여, 맹목적인 사랑의 행보를 보여 준다. 그리고 티볼트를 살해한 뒤 추방령을 당한 로미오가 로렌스 수사 앞에서 보이는 행동은 분별력과 판단력이 결여된 미숙한 모습이다. 사랑에 빠진 자들의 여러 속성을 이렇듯 적확하게 묘사함으로써 로미오와 줄리엣은 모든 이들의 머릿속에 사랑의 대명사로 자리 잡게 된 것이다.

2. 로미오는 줄리엣에게 첫눈에 반한 뒤 그녀를 '성자', '태양' 등에 비유하여 찬양하는데, 그 대사들이 너무 장황하게 느껴진다. 셰익스피어는 왜 그렇게 쓴 것일까?

☞ 궁정 풍 사랑과 페트라르카 식 사랑 노래

극 초반에 로미오는 차갑고 냉정한 로잘라인을 향한 관념적인 사랑에 빠져 있는데, 이것은 중세 시대의 궁정 풍 사랑의 관습을 보여 준다. 로미오가 마음에 품고 있는 로잘라인의 모습은 중세 로맨스(Romance)에 등장하는 미인의 모습과 아주 유사하다. 중세 궁정 풍 사랑에서 여성은 흔히 차갑고 냉정한 태도를 지니고, 남자는 그런 여성을 숭배하고 흠모한다.

이때 로잘라인을 향한 자신의 짝사랑을 묘사하는 로미오의 대사는 당시 널리 모방되고 유행하던 페트라르카 풍 연애시 형식을 띠고 있다. 이탈리아의 시인 페트라르카(Francesco Petrarch)가 쓴 시집 《칸초니에레》는 일부를 제외하고, 전부 그가 평생 동안 짝사랑한 라우라(Laura)를 노래한 것이다. 이 시들에서 페트라르카는 거절당한 사랑으로 인한 비탄과 라우라의 아름다움을 노래한다. 그는 온갖 수사를 동원하여 라우라를 이상화하고 신격화한다. 그의 이런 시는 르네상스 시대에 널리 모방되었고 서양 문학사에서 연애시의 한 전형이 되었다. 로미오는 로잘라인의 아름다움을 "온 세상을 내려다보는 태양도 천지 창조 이래 그녀에 비길 만한 미인은 보지 못했어.(1막 2장 91~92)"라고 극찬한다. 상대 여성에 대한 이런 과장된 찬미는 페트라르카 풍 시의 전형적인 특징이다.

로미오와 줄리엣의 대사에서도 이런 페트라르카 풍 수사가 많이 사용된다. 첫눈에 줄리엣을 사랑하게 된 로미오는 기회가 닿자 줄리엣의 손을 잡고 줄리엣은 성자요, 자신은 순례자라고 일컬으며, 자신의 죄를 정화해 달라며 그녀의 입술에 입을 맞춘다. 로잘라인 대신 이제 줄리엣이 로미오가 숭배하는 여신이 된 것이다. 그래서 자신은 죄 많은 순례자에, 줄리엣은 그 순례자의 죄를 사해 주는 성자에 비유한다.

유명한 발코니 장면에서는 줄리엣이 이층 방의 발코니에 나타나자 그녀의 아름다움을 다음과 같이 찬미한다.

로미오 가만, 저 창문에서 비추는 빛은 무얼까?
저곳이 동쪽이니 줄리엣은 태양이구나!
솟아라, 아름다운 태양아, 시기하는 달을 무찔러라.
달의 시녀인 그대가 달보다 훨씬 더 아름다워,
달은 이미 슬픔으로 병들어 창백하구나.
시기심 많은 달의 여신의 시녀가 되지 마라.
여신의 옷 병든 녹색이니,
바보가 아닌 이상 누가 그걸 입겠는가. 벗어 버려라.
…(중략)…
온 하늘에서 가장 아름다운 별 두 개가
용무가 있어, 그녀의 눈에게 돌아올 때까지
대신 반짝여 달라고 간청을 한 거야. 그녀의 눈이

하늘에 있고, 별들이 그녀의 얼굴에 있다면?
그녀의 빛나는 뺨이 대낮의 햇빛 속 등불처럼
별들을 무색하게 만들 거야. 밤하늘에 박힌
저 두 눈은 창공에서 찬란히 빛나
새들이 밤이 아니라 생각하여 노래할 거야.(2막 2장 2~22행)

밤중에 발코니에 모습을 나타낸 줄리엣의 아름다움이 그 찬란함으로 달빛을 가리는 태양에 비유되고 있다. 이렇게 상대의 아름다움을 극단적으로 미화하는 것이 페트라르카 풍 시들의 특징이다.

3. 작품을 읽는 내내 줄리엣이 아주 적극적일 뿐만 아니라 로미오보다 성숙하다는 느낌을 준다. 셰익스피어는 두 인물의 성격을 왜 이렇게 부여한 것일까?

☞ 사랑을 주도하는 적극적 여성 줄리엣 : 향후 셰익스피어 희극 속 여성 인물들의 선례

처음 만난 로미오에 대한 사랑의 감정을 토로하는 발코니 장면에서부터 사랑과 결혼을 하는 과정에서 줄리엣은 로미오를 주도한다. 줄리엣은 궁정 풍 사랑 관습에서 사랑의 대상으로 찬양받는 여인들의 수동적이고 얌전만 빼는 이미지를 벗어 던지고, 적극적이고 솔직한 모습으로 사랑을 쟁취한다. 이는 위에서 언급한 중세 연애시나 로맨스의 여인상을 셰익스피어가 전복시킨 것이라고 볼 수 있다. 중세 궁정 풍 로맨스에서는 늘 남성이 냉정한 여성들에게 사랑을 구걸한다. 하지만 줄리엣은 로미오가 몬태규 가 자식이라는 사실을 안 뒤 혼자 발코니에서 다음과 같이 독백한다.

줄리엣 아 로미오, 로미오, 왜 당신은 로미오인가요?
아버지를 부인하고 그 이름을 버리세요.
그럴 수 없다면 날 사랑한다고 맹세만 하세요.
그럼 제가 캐퓰렛 성을 버릴게요. (2막 2장 33~36행)

그녀는 이미 사랑하는 로미오를 위해 가문을 버릴 각오가 되어 있

는 것이다.

이후에도 줄리엣은 그들의 사랑에 위기가 닥치는 순간마다 주도적이고 성숙한 면모를 보여 준다. 예를 들어 추방령을 받은 로미오가 줄리엣과 생이별하는 고통에 몸부림치고만 있을 때, 줄리엣은 유모를 통해 반지를 보내어 자신의 변함없는 마음을 전한다. 나약하고 성급한 로미오에 비해 줄리엣은 좀 더 현실적이고 담대하며 기지에 찬 모습으로 로미오의 미숙하고 유아적인 태도와 대비가 된다.

가부장 사회에서 억압적인 아버지 캐퓰럿에게 맞서 자신의 생각을 말하는 장면에서도 줄리엣은 가부장 관습에 순응하지 않고 스스로 사랑하는 사람을 선택하며 그에 따른 시련을 감내해 내는 용감한 모습을 보인다. 아버지의 노여움 때문에 겉으로는 결혼을 받아들이는 척 행동하지만 줄리엣은 아버지의 권위에 끝까지 굴복하지 않고 가짜 죽음이라는 위험한 연극을 수행한다. 비록 이 연극으로 인해 결국 자신과 로미오의 죽음이라는 비극적인 결과를 낳지만 그들의 죽음은 결코 헛된 것이 아니고 오랜 원수 사이였던 두 집안의 원한을 종결짓고 화해로 이끄는 계기가 된다. 결국 줄리엣은 아버지의 권위를 극복하고 아버지가 할 수 없었던 가문간의 불화를 종식시키는 역할을 한다. 가부장의 권위가 절대적이었던 당시 사회 분위기에도 불구하고 셰익스피어는 이렇게 주체적인 여성 캐릭터를 창조한 것이다.

많은 비평가들이 줄리엣의 그런 캐릭터에 주목했다. 아이린 대쉬(Irene Dash)는 "줄리엣은 운명을 개척하려는 강한 의지와 용기를 지닌 페미니스트이다."라고 평했다. 이런 점에서 줄리엣은 셰익스피어

4대 비극 속 수동적인 여성 인물들보다 희극에서 흔히 보는 지혜롭고 독립적인 여성 인물들을 많이 닮아 있다. 셰익스피어가 뒷날 집필하는 희극 속에 등장하는 적극적이고 대담하며 모든 면에서 남성들을 능가하는 여성상이 이러한 줄리엣의 모습에 이미 잉태되어 있는 것이다. '첫눈에 반한 사랑과 그 사랑의 맹목적성'이라는 주제도 주로 희극에서 셰익스피어가 즐겨 사용하는 주제이다. 결국 이 초기 비극은 셰익스피어의 완성도 높은 희극 세계를 만들어 가는 교두보인 셈이다.

4. 『로미오와 줄리엣』은 지고지순하고 슬픈 사랑 이야기로 알고 있었는데, 작품 내내 진한 성적 농담들이 의외로 많이 등장한다. 이것도 셰익스피어 극의 특징 중 하나인가?

☞ 비극 속 희극적 장면 : 셰익스피어 비극이 지닌 독특한 특징

『로미오와 줄리엣』은 비극이지만 희극적인 장면이 많다. 특히 극의 전반부에 희극적 장면이 많은데, 그 중심인물은 로미오의 친구 머큐쇼와 줄리엣의 유모이다. 그리고 셰익스피어는 낭만적이고 지고지순한 로미오와 줄리엣의 사랑과 대비되는 저속한 성적 농담도 작품 곳곳에 배치하였다. 이런 농담도 주로 유모나 머큐쇼가 한다.

머큐쇼는 영주의 친척이자 로미오의 친한 친구로, 상사병에 걸려 우울한 로미오와 대화할 때 로미오를 놀리지만 이는 웃음을 통해 로미오의 고통을 풀어 주고자 노력하는 것이다. 머큐쇼는 특유의 언어유희로 극의 플롯에서 벗어나며 낭만적이고 이상적인 사랑과 대조적으로 육체적이고 세속적인 남녀 관계에 대한 농담을 하면서 극에 균형감과 희극성을 부여한다. 머큐쇼는 누구에게나 농담을 하는데 줄리엣이 보낸 유모를 조롱하기도 한다. 유모에 대한 머큐쇼의 농담은 자칫 무례해 보이기도 하지만 악의는 없다.

줄리엣의 유모도 이 극에서 희극적 장면을 연출하면서 타고난 익살꾼의 역할을 담당하고 있다. 줄리엣의 심부름으로 로미오를 처음 만나고 와서 로미오의 답변에 안달이 난 줄리엣을 놀리며 메시지 전달을 유보시키는 장면은 대단히 희극적이면서 줄리엣의 애타는 심정을 잘

드러나게 해 준다. 유모는 머큐쇼처럼 성적 농담을 사용하여 희극적 흥취를 돋우어 준다. 머큐쇼와 유모는 각각 로미오와 줄리엣에 대한 변함없는 애정을 보여 주면서 비슷한 역할을 수행한다. 이렇게 셰익스피어는 유모와 줄리엣의 관계, 로미오와 머큐쇼와의 관계를 꽤 균형 잡히게 배치시키고 있다.

비극과 희극을 넘나드는 장르 간의 상호 침투 현상은 셰익스피어의 후기 비극에서도 종종 볼 수 있는 현상이다. 4대 비극에도 종종 희극적 장면을 삽입하여 비극적 긴장감에서 관객(독자)이 잠시 벗어나게 해 준다. 셰익스피어는 어조나 분위기의 일관성을 강조했던 고대 규범에 얽매이지 않고 자신만의 독특한 극 세계를 창조한 것이다.

5. 티볼트를 중심으로 한 캐퓰럿 가 젊은이와 머큐쇼를 중심으로 한 몬태규 가 젊은이들이 사소한 말다툼에서 시작해 살인으로까지 이어지는 것을 보면서 현대 우리 젊은이들의 패싸움과 비슷하다고 느껴진다. 4백 년 전 작품이 어떻게 우리 시대 이야기처럼 느껴지는가?

☞ 10대 청소년들에 대한 적확한 심리 묘사로 엿볼 수 있는 셰익스피어의 통찰력

셰익스피어는 이 극에서 이성보다 감정이 앞서는 나이인 10대 등장인물들의 감정을 아주 적확하게 표현하고 있다. 로미오의 급작스런 사랑 감정의 변화, 줄리엣의 즉흥적인 결혼 결정, 이룰 수 없는 사랑에 대한 갈망이 온 정신을 지배한 로미오와 줄리엣의 심리 상태, 자신으로 인한 친구의 죽음 앞에서 감정 조절 능력이 부족한 로미오의 티볼트 살해, 베로나에서 추방되어 줄리엣과 생이별을 하게 된 로미오의 자포자기 등을 통해 정서 변화가 급격하고 감정 통제가 불가능한 10대 청소년들의 심리를 잘 기술하였다.

학자들에 의하면 청소년기는 감성을 주도하는 편도체가 발달하는 시기이기 때문에 이성적 판단보다는 감정적으로 판단하고 행동할 수밖에 없다고 한다. 따라서 청소년들은 감정 기복이 심하고 불안정하여 기분에 따라 행동하고 민감한 반응을 보일 때가 많다. 셰익스피어는 특히 로미오의 심한 감정 기복과 과잉 행동, 공격성에 이런 청소년기의 특징을 잘 담아내고 있다. 그들은 또한 사회적 기대나 규범으로부

터 벗어나는 행동들을 많이 하는데, 로미오와 줄리엣뿐만 아니라 티볼트, 머큐쇼 등 대부분의 청년기 인물들에게서 그런 면모가 엿보인다.

가면무도회에 로미오가 왔다고 분노하는 티볼트, 가벼운 농담에서 시작하여 두 명의 살인으로 이어지는 패싸움을 통해서도 이성으로 감정을 통제할 수 있는 나이가 아니기에 겪는 비극이 잘 묘사되어 있다. 그리고 이런 상황들은 현대의 젊은이들 사이에서도 흔히 볼 수 있는 현상이다. 시대를 초월하여 존재하는 청소년기 젊은 남녀의 보편적 심리와 행동에 대한 이런 통찰력과 적확한 묘사는 현대의 많은 관객(독자)들이 셰익스피어의 묘사에 공감을 느끼게 만드는 요소이다.

6. 줄리엣의 의사와 상관없이 그녀의 아버지 캐퓰럿은 아주 강압적인 태도로 결혼을 추진한다. 이것이 당대의 결혼 문화인가?

☞ 가부장 사회에서 결혼은 가부장의 절대권

이 극에서 캐퓰럿은 가부장 권위의 상징이다. 티볼트가 죽고 로미오가 추방된 뒤, 줄리엣이 지나치게 슬퍼하는 진정한 이유를 모르는 캐퓰럿은 줄리엣이 너무 우울해하는 것을 막으려고 패리스 백작과 서둘러 결혼시키고자 한다. 그 과정에서 캐퓰럿은 결혼 당사자인 딸과 상의도 없이 결혼 날짜를 정한다. 이때 캐퓰럿은 줄리엣이 자기 뜻에 무조건 따를 것이라고 믿는다. 이러한 캐퓰럿의 태도에는 딸을 소유물로 생각하고 딸의 결혼은 아버지의 의지에 따라야 한다는 가부장 사회의 사고방식이 자리 잡고 있다.

셰익스피어 시대의 여성은 결혼 전에는 부모의 소유물이고, 결혼 후에는 남편의 소유물이라는 사고가 만연하였다. 그리고 결혼은 사회의 질서와 기존 권력 체계를 유지하는 수단으로써 여성은 배우자에 대한 선택권이 없었으며 부모의 선택에 자신의 결혼을 맡겨야 했다. 셰익스피어는 희극 『한여름 밤의 꿈』에서도 당대의 이런 결혼 문화에 대해 다루고, 딸이 그런 부조리한 결혼을 피하기 위해 사랑하는 남자와 가출을 단행한다.

줄리엣이 자신의 배려를 거부하자 캐퓰럿은 대단히 배은망덕하다고 생각하며 분노하고 줄리엣에게 저주의 욕을 퍼붓는다. 캐퓰럿은 아주 위압적인 태도로 줄리엣에게 자신의 명령에 무조건 복종하여 결혼식을 치를 것을 요구한다. 이런 캐퓰럿의 행태는 그 시대의 가부장 문화를 여실히 보여 준다. 즉, 딸은 아버지의 소유물이며, 아버지의 권위에 반항해서는 안 되는 존재인 것이다.

하지만 줄리엣은 로미오를 만난 순간부터 이미 부모님의 명령보다는 자신의 감정에 충실하게 따른다. 이때부터 줄리엣은 부모님의 명령이라면 무조건 따르고 순종하는 딸이 아니고, 자신의 주관을 가진 인물로 제시된다. 특히 로미오가 원수 집의 아들이라는 사실을 알고도 줄리엣은 자신의 감정을 포기하지 않는다. 로미오의 이름보다는 로미오 자신이 더 중요하다는 대사에서는 가문과 집안 같은 이름보다 본질(reality)이 더 중요하다고 생각하는 사상이 담겨 있다. 이것은 가문과 같은 외적 가치를 중시하던 중세 봉건적 세계관에 도전하는 것으로, 이런 줄리엣의 캐릭터에서는 “자아”를 무엇보다 중시하는 르네상스의 새로운 인생관을 엿볼 수 있다.

7. 로렌스 수사는 로미오와 줄리엣의 비밀 결혼을 올려 주고 줄리엣이 패리스 백작과의 강제 결혼을 피하도록 계획을 짜는 등 두 사람의 사랑에서 중요한 역할을 한다. 하지만 선의에 의한 그의 계획은 모두 실패로 끝난다. 이것은 어떻게 해석해야 하는가?

☞ 인간의 의지로 극복하기 힘든 운명의 힘

로렌스 수사는 처음부터 끝까지 주인공들에게 도움을 주고, 극의 마지막에 모든 진실을 밝히는 역할을 하는 중요 캐릭터이다. 그리고 또 로미오와 줄리엣의 정신적 멘토 역할도 한다. 로렌스 수사는 극중 다른 인물들과 강한 대비를 이루는데, 그의 가장 큰 특징은 대단히 이성적이라는 점이다. 그는 주인공들이 성급하고 충동적인 반응을 보일 때 이를 우려하고 진정시키는 역할을 한다. 또한 로미오의 변심을 꾸짖고 그의 성급한 언행을 책망한다. 그리고 로미오와 줄리엣의 결혼을 계기로 두 가문을 화해시킬 선의의 계획을 세운다.

그러나 선의에서 출발한 그의 계획이 실패하면서 극은 비극으로 향한다. 로미오가 본인의 의지에 어긋나게 티볼트를 죽이게 되는 상황, 로렌스 수사가 로미오에게 줄리엣의 가짜 죽음을 알리는 서신을 보내지만 편지를 가져가던 수사가 전염병 유행 탓에 그 편지를 전하지 못하는 상황, 로미오의 하인이 로미오에게 줄리엣의 가짜 죽음에 대해 오보를 전달하는 상황 등이 신부의 계획을 모두 어긋나게 만든다.

나중에 줄리엣이 깨어나자 로렌스 수사는 그 상황에 대해 "우리가 거스를 수 없는 거대한 힘 때문에 우리의 계획이 좌절됐어요.(5막 3장 153~154행)"라고 줄리엣에게 설명한다. 이렇게 두 연인의 사랑에는 절대적인 운명의 힘이 작용한다. 그래서 이 극은 주로 주인공의 성격적 결함이 비극을 불러오는 4대 비극과 달리 운명 비극적 요소가 더 강하다. 그러다 보니 여러 상황이나 사건이 치밀한 플롯보다는 우연에 많이 의존하게 되고, 바로 그런 이유로 이 극은 대중적 인기에도 불구하고 셰익스피어의 위대한 비극(흔히 4대 비극이라고 일컫는)의 반열에는 오르지 못한 것이다.

8. 이 극에는 셰익스피어의 다른 극들보다 복선이 되는 대사들이 많다. 셰익스피어가 그런 대사들을 많이 쓴 특별한 이유가 있는가?

☞ 주인공들을 지배하는 운명의 힘을 강조하기 위한 장치

셰익스피어는 로미오와 줄리엣의 불운한 운명을 암시하는 대사들을 극 초반부터 반복적으로 배치하고 있다. 예를 들어 로미오는 캐퓰럿 가의 무도회에 들어가는 순간 다음과 같이 말한다.

> **로미오** 내 마음은
> 아직은 별자리에 달려 있는 뭔가 중대한 일이
> 오늘 밤 연회를 계기로 그 무서운 날들을
> 시작하여 때 아닌 죽음으로
> 내 가슴속에 갇혀 있는 나의 비참한 삶을
> 끝낼 것 같아 두려워. (1막 4장 106~111행)

로미오의 이 대사는 대단히 암울한 전조의 그림자를 드리운다. 또한 줄리엣이 캐퓰럿 가의 딸이라는 사실을 알고는 "참으로 비싼 거래군! 내 목숨을 원수에게 저당 잡히다니.(1막 5장 116~117행)"라고 말하기도 한다. 로미오뿐만 아니라 줄리엣도 그런 불길한 예감에 휩쓸린다. 그녀는 자기가 처음으로 사랑의 감정을 느낀 상대가 몬태규 가의 아들이라는 이야기를 유모로부터 듣고 "증오하는 원수를 사랑해야 하다니.

불길한 사랑의 탄생이구나.(1막 4장 140)"라고 탄식한다. 또 로미오는 머큐쇼가 자신 때문에 티볼트의 칼에 숨지자, "오늘의 불길한 운명은 앞날의 화근이 되고 이것은 다른 사람들이 끝내야 할 슬픔의 시작일 뿐이야.(3막 1장 121~122행)"라고 예견한다. 결국 잠시 뒤 머큐쇼의 죽음에 대한 분노로 로미오는 티볼트를 죽이게 되고, 자신이 "운명의 손에 놀아나는 바보(Fortune's fool, 3막 1장 138행)"가 되었음을 인지한다. 이런 불운한 사건 후 결혼 초야를 치르고 작별하는 순간 줄리엣은 2층 발코니에서 로미오를 내려다보면서 불길한 예감에 휩싸인다.

줄리엣 오 하나님, 예감이 불길해요!
당신이 그리 낮은 곳에 있으니
무덤 바닥에 누워 있는 죽은 사람 같아요.(3막 5장 54~56행)

이렇듯 셰익스피어는 이 극 속에서 이 두 연인의 비극적 결말을 끊임없이 암시한다. 이 복선들은 두 연인의 사랑에 절대적인 운명의 힘이 작용하고 있음을 셰익스피어가 독자(관객)에게 주지시키고 있는 것이다.

9. 궁극적으로 이 극을 통해 셰익스피어가 말하고자 하는 사랑론은 무엇인가?

☞ 수많은 사랑에 대한 대사로 살펴보는 셰익스피어의 사랑론

셰익스피어의 대표 사랑극인 이 극에는 다른 어떤 작품보다 사랑의 속성에 대한 언급이 많이 나온다. 로잘라인을 향한 상사병을 앓고 있던 로미오는 극 초반에 길거리에서 있었던 두 집안의 일에 대해 벤볼리오로부터 듣고는 "여기서는 증오 때문에 일이 많이 나지만, 사랑 때문에는 더해.(1막 1장 173행)"라고 말한다. 또 "사랑은 거칠고 무례하고 난폭하고 가시처럼 찔러.(1막 4장 25~26행)"라고 머큐쇼에게 말한다. 이런 대사들을 통해 알 수 있듯이 셰익스피어가 그리는 사랑은 무한한 기쁨과 고통이 뒤섞인 모순된 감정이다.

앞에서도 언급한 것처럼 셰익스피어가 그리는 사랑은 대체로 감정이 제어되지 않는 '사랑의 광증'이다. 셰익스피어의 희극 『십이야 *Twelfth Night*』에서는 사랑의 광증에 대해 다음과 같이 설명한다.

로잘린드 사랑이란 광증에 지나지 않아요.
그러니 미치광이처럼 어두운 집에 가두고 매질을 해야 해요.
그런데 그런 사람들을 매질로 치료하지 않는 이유는
이 광증이 하도 흔해 매질하는 사람들조차
사랑의 광증에 빠져 있기 때문이에요. (3막 2장 388~393행)

『로미오와 줄리엣』에서 이런 사랑의 광증을 적나라하게 보여 주는 장면은 티볼트를 살해한 로미오가 영주의 추방령에 대해 발광하는 장면이다.

로미오 베로나 성벽 너머엔 세상이 없어요.
연옥과 고문과 지옥 말고는.
그러니 '추방'이란 이 세상에서의 추방이고
세상에서의 추방은 곧 죽음이죠. 그러니 '추방'은
죽음을 잘못 말한 거예요. 죽음을 '추방'이라 부르면서
수사님은 제 머리를 금도끼로 내려치고
절 죽이는 일격에 미소 짓고 계십니다. (3막 3장 17~23행)

영주의 관대한 처벌에 대해서도 줄리엣과의 이별에 상심한 로미오는 그 관대함을 인정하지 않고 죽겠다고 난리를 친다. 이런 로미오의 어리석음에 로렌스 수사는 "어리석은 미치광이"라고 말한다.

그러면 셰익스피어가 생각하는 바람직한 사랑관은 어떤 것일까? 셰익스피어는 로렌스 수사의 입을 통해 자신의 견해를 전한다.

로렌스 수사 이리 격렬한 기쁨엔 격렬한 종말이 따르고
불티와 화약이 서로 입을 맞추자마자 폭발하듯이,
쟁취하는 순간 사그라지지. 너무 단 꿀은
그 달콤함 때문에 싫어지며, 단맛은

식욕을 떨어뜨리지. 그러니
사랑은 은근히 해야 해. 그래야 오래 가지. (2막 6장 9~15행)

오래 지속되는 온건한 사랑, 이것이 셰익스피어가 생각하는 바람직한 사랑관인 것이다.

10. 앞에서 4대 비극에 비해 인간에 대한 성찰도 부족하고, 플롯의 치밀함도 부족하다고 했는데, 그럼에도 불구하고 이 극이 대중적으로 그렇게 인기가 많은 이유는 무엇인가?

☞ 아름다운 시적 이미지와 언어의 대향연으로 사랑의 격정 묘사

사랑의 환희와 기쁨, 그리고 그 고뇌를 그린 이 극에는 그 감정들을 담아내는 아름다운 대사들로 가득하다. 셰익스피어는 인간의 가장 보편적인 감정이라고 할 수 있는 사랑을 참으로 아름다운 언어로 그려내고 있다. 예를 들어 로미오는 줄리엣을 처음 본 순간 그녀의 찬란한 아름다움을 다음과 같이 찬미한다.

로미오 아, 저 여인은 횃불에게 빛나는 법을 가르치는군.
에티오피아 여인의 귀에 달린 귀한 보석처럼
밤의 뺨에 매달려 있는 듯하구나. 세상에서 쓰긴 너무
귀하고, 땅에 묻어 두긴 너무 사랑스러운 아름다움이구나.
(1막 5장 43~46행)

이 대사에서도 볼 수 있듯이 이 극은 아름다운 비유들로 넘쳐 난다. 사랑을 표현하는 온갖 시적이고 아름다운 이미지들이 끊임없이 감탄을 자아낸다.

돌부리를 만나면 몸부림치듯 소용돌이치며 더욱 세차게 흐르는 물줄기처럼 장애를 만날 때마다 점점 더 격해지는 로미오와 줄리엣의 사랑의 격정이 그들의 첫 만남에서부터 죽음에 이르기까지 숨 가쁘게 이어진다. 독자(관객)들은 걷잡을 수 없는 그 감정의 소용돌이에 함께 휩쓸리게 된다. 그로 인해 이 극은 셰익스피어 초기 극의 여러 한계—인간의 성격에 대한 심오한 통찰이나 치밀한 플롯 구조의 결여—에도 불구하고 많은 이들의 머릿속에 영원히 잊히지 않는 인류 최고의 사랑 이야기로 각인되어 있는 것이다.

윌리엄 셰익스피어 연보

아래 셰익스피어 연보는 셰익스피어에 관한 얼마 안 되는 자료를 기초로 학계에서 인정하는 사실들을 요약한 것이다. 이러한 편린들을 통해서나마 언어가 지닌 깊이와 아름다움을 가지고 인간과 세상에 대해 탐구한 위대한 작가의 삶을 상상해 보는 데 도움이 되길 바란다.

1558년 엘리자베스 1세가 25세의 나이로 튜더 왕조의 마지막 군주로 등극.

1564년 흑사병이 창궐하던 해, 런던의 워릭셔 주의 소도시 스트랫퍼드어폰에이번에서 아버지 존 셰익스피어(John Shakespeare)와 어머니 메리 아든(Mary Arden) 사이에서 셋째 아이이자 장남인 윌리엄 셰익스피어(William Shakespeare) 탄생. 4월 26일 세례 기록으로 보아 탄생일을 4월 23일로 추정.
동료 극작가 크리스토퍼 말로(Christopher Marlowe)도 이 해에 출생.

1573년 셰익스피어의 후원자인 사우샘프턴 백작(Earl of Southampton) 헨리 리즐리(Henry Wriothesley) 출생.

1576년 영국 최초의 공공극장인 시어터(The Theatre) 건립. 이를 시작으로 하여 런던은 연극의 도시로 변모해 감. 한편 셰익스피어의 아버지가 불미스런 일에 연루되어 공직에서 은퇴. 셰익스피어의 공식적인 교육은 13세 무렵 중단된 것으로 추정.

1582년 18세의 이른 나이에 8살 연상인 부유한 집안 출신 앤 해서웨이(Anne Hathaway)와 결혼. (1623년에 67세의 나이로 사망했다는 묘비에 근거한 계산)

1583년 장녀 수잔나(Susanna) 출생.

1585년 쌍둥이 자녀인 햄닛(Hamnet)과 주디스(Judith) 출생.

1586년 이때부터 1592년까지의 기간 동안에 대한 기록이 없다. (이 시기를 '잃어버린 시절'이라 부른다.)

1587년 1567년에 스코틀랜드의 왕위에서 쫓겨나 2년 후 영국으로 망명 와 있던 메리 여왕(Mary Stuart)이 반란 혐의로 처형. 셰익스피어가 여왕의 극단(Queen's Men)에서 활동했을 것으로 추정. (이 극단의 여러 레퍼토리가 셰익스피어 작품과 겹치는 점으로 미루어 추정.)

1588년 메리 여왕의 처형을 빌미로 가톨릭 국가 스페인이 엘리자베스 여왕을 왕좌에서 끌어내리려고 강력한 해군을 파견했으나, 해적 출신 제독 드레이크(Sir Francis Drake)가 스페인의 무적함대인 아르마다(Armada) 호를 격파.

1589년 셰익스피어는 연극계에 종사하기 전 단역 배우로 활동. 이 무렵 『헨리 6세』 1부를 집필한 것으로 추정. (1592년 3월 로즈 극장에서 이 희곡이 공연되어 대성공을 거두었다는 기록이 남아 있다.)

1590~1591년 『헨리 6세』 2, 3부를 집필한 것으로 추정.

1592년 대학 출신 극작가 로버트 그린(Robert Greene)이 「많은 후회로 얻은 서푼짜리 기지 *A Groatsworth of Wit bought with a Million of Repentance*」라는 팸플릿에서 셰익스피어의 유명세를 비난. 이는 이 무렵이면 동료 극작가의 시기심을 불러일으킬 정도로 그가 두각을 나타내고 있었다는 것의 방증.

런던에 흑사병이 창궐하여, 7월부터 1594년 6월까지 극장들 폐쇄. 극단들은 지방 순회공연을 함. 『리차드 3세』, 시집 『비너스와 아도니스』, 『실수 희극』을 집필한 것으로 추정.

1593년 후원자인 사우샘프턴 백작(당시 19세)에게 헌정한 시집 『비너스와 아도니스』 출간. 이 시집은 셰익스피어 생전 출간해서 거둔 가장 큰 성공 사례. 『타이터스 앤드로니커스』, 『말괄량이 길들이기』를 집필한 것으로 추정.

1594년 두 번째 설화시 『루크리스의 겁탈』을 출간. 이 또한 사우샘프턴 백작에게 헌정. 동료 작가이자 경쟁자였던 말로가 술집에서 시비 끝에 칼에 찔려 사망. 『베로나의 두 신사』, 『사랑의 헛수고』, 『존 왕』을 집필한 것으로 추정.

여왕의 전의(典醫)인 로페즈(Roderigo Lopez)가 여왕 독살 혐의로 처형됨.
'궁내부 대신 극단(The Chamberlain's Men)'이 창설되고 셰익스피어는 그 극단의 전속 작가로 활동.

1595년 『리차드 2세』, 『로미오와 줄리엣』, 『한여름 밤의 꿈』을 집필한 것으로 추정.

1596년 열한 살이던 아들 햄닛이 사망. 아버지 존 셰익스피어가 문장(紋章)을 사용하는 것을 허가받은 뒤로 '신사(Gentleman)'로서 서명할 수 있게 됨. 『베니스의 상인』, 『헨리 4세』 1부를 집필한 것으로 추정.

1597년 스트랫퍼드에서 두 번째로 큰 저택 뉴플레이스(New Place) 매입. 『윈저의 즐거운 아낙네들』을 집필한 것으로 추정.

1598년 궁내부 대신 극단의 시어터(Theatre) 극장 임대 계약이 만료되고 재계약이 어려워지자 새로운 극장 글로브(The Globe)를 설립, 셰익스피어와 극단 단원들이 극장의 공동 소유주가 됨. 『헨리 4세』 2부, 『헛소동』을 집필한 것으로 추정.

1599년 『헨리 5세』, 『줄리어스 시저』, 『좋으실 대로』를 집필한 것으로 추정. 아일랜드 총독이었던 에섹스 백작(The Earl of Essex)이 아일랜드 반군을 평정하러 나섰다가 자의적으로 휴전 협정을 맺고 여왕의 명령을 어기고 귀국했다가 연금됨. 풍자물 출판 금지령 선포.

1600~1601년 『햄릿』을 집필한 것으로 추정.

1601~1602년 연금이 해제된 에섹스 백작이 쿠데타를 일으킨 전날

밤 그의 요청으로 『리차드 2세』 공연. 에섹스 백작이 쿠데타 실패 이후 처형되고, 셰익스피어의 후원자였던 사우샘프턴 백작도 이 반란에 연루되어 수감. 극단은 무죄가 입증되어 풀려남. 『십이야』, 『트로일러스와 크레시다』를 집필한 것으로 추정. 부친인 존 셰익스피어 사망.

1602년 『끝이 좋으면 다 좋아』를 집필한 것으로 추정.

1603년 엘리자베스 여왕이 예순아홉의 나이로 사망. 스코틀랜드의 제임스 6세(James VI)가 영국의 제임스 1세(James I)로 등극하여 스튜어트(Stuart) 왕조가 시작됨. 제임스 1세가 셰익스피어 극단을 후원하여 '왕의 극단(King's Men)'이 됨.

1604년 『자에는 자로』, 『오셀로』를 집필한 것으로 추정.

1605년 『리어 왕』을 집필한 것으로 추정. 제임스 1세의 종교 정책에 반발하여 가톨릭 인사들로 구성된 음모가들이 의회가 있는 웨스트민스터 궁 밑의 지하실에 화약을 설치하는 사건(Gunpowder Plot)이 있었으나 내부자의 발설로 실패.

1606년 화약 음모 사건의 주동자인 폭스(Guido Fawkes)와 예수회 신부 가네트(Henry Garnet) 처형. 『맥베스』, 『안토니와 클레오파트라』를 집필한 것으로 추정.

1607년 『코리올레이너스』, 『아테네의 타이먼』, 『페리클레스』를 집필한 것으로 추정. 장녀 수잔나(Susanna) 결혼.

1608년 모친인 메리 아든 사망. 바로 그해에 '왕의 극단'은 실내 극장 블랙프라이어즈(Blackfriars) 임대.

1609년 토머스 소프(Thomas Thorpe)라는 출판업자에 의해 『일찍이 인쇄된 적이 없는 셰익스피어의 소네트들 *Shakespeare's Sonnets, Never Before Imprinted*』이라는 제목으로 소네트 집 출간. 『심벨린』을 집필한 것으로 추정.

1610년 『겨울 이야기』를 집필한 것으로 추정.

1611년 『폭풍우』를 집필한 것으로 추정. 이 시기 거처를 스트랫퍼드로 옮김.

1612년 존 플레처(John Fletcher)와 함께 『헨리 8세』를 집필한 것으로 추정.

1613년 존 플레처와 함께 『고결한 두 친척』을 집필한 것으로 추정. 『헨리 8세』 공연 중 글로브 극장에 화재가 나서 소실된 이후 더 이상 작품을 쓰지 않음.

1614년 글로브 극장 재개관.

1616년 딸 주디스 결혼. 그해 4월 23일, 알려지지 않은 이유로 스트랫퍼드에서 셰익스피어 사망.

1623년 셰익스피어의 아내 앤 해서웨이 사망. 셰익스피어와 같은 극단 소속의 동료 배우이자 막역한 친구였던 존 헤밍(John Hemmings)과 헨리 콘델(Henry Condell)에 의해 36개의 극이 수록된 최초의 셰익스피어 극 전집인 제1이절판(The First Folio) 출간.